私的長崎風土記

倉田明彦

紅書房

はじめに

俳誌「梟」に「私的長崎風土記」と題して、毎月小文を書いた。長崎の風土に私の人生を重ねた読み物だが、もとより町の開業医である私の暮らしに人様に披瀝できるような劇的な事柄はありえようもなく、ひたすら個人的な思い出話に終始した。

この度、「梟」主宰の矢島渚男先生にお勧めいただいてこれを一冊に纏めることにしたのだが、ただ思い出話を寄せ集めるだけでは物足りなく感じられた。そこで、個々の散文に私自身の俳句を一句、あるいは詩を一篇付けて、散文と韻文の取り合わせとすることにした。散文と韻文がそれぞれを生かしあって、少しでも奥行きのある世界を作ることができていれば幸いである。

今、私の書斎の窓には、間近に、気流を捉えて上昇する鳶の姿があり、眼下に、まさに埠頭を離れて出航しようとしている巨大客船がある。

花満ちて、長崎は春たけなわである。

装幀　木幡朋介

私的長崎風土記——目次

図(1)

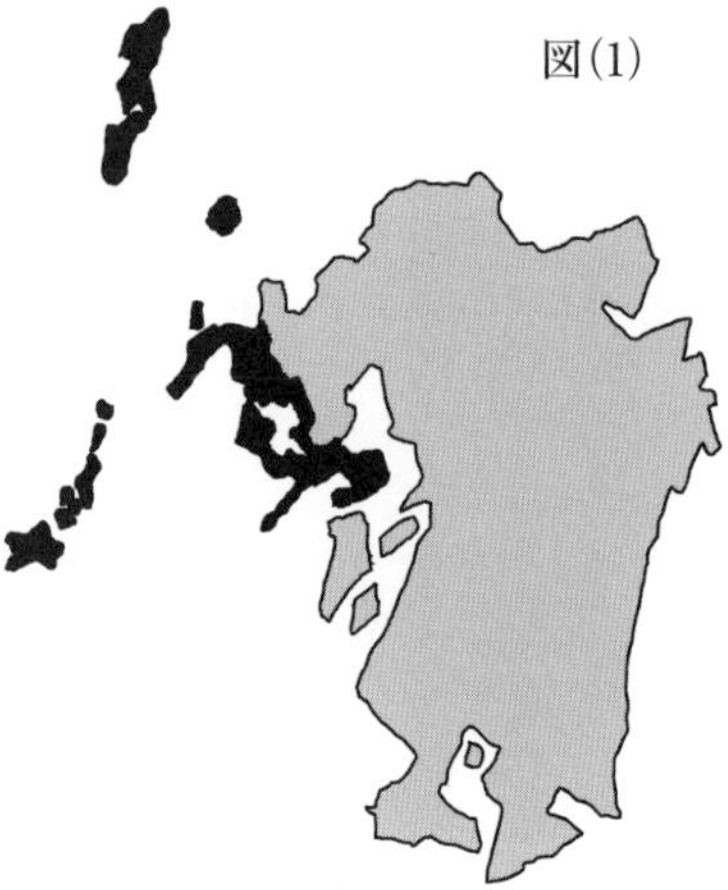

九州全図

長崎県本土地図

図(2)

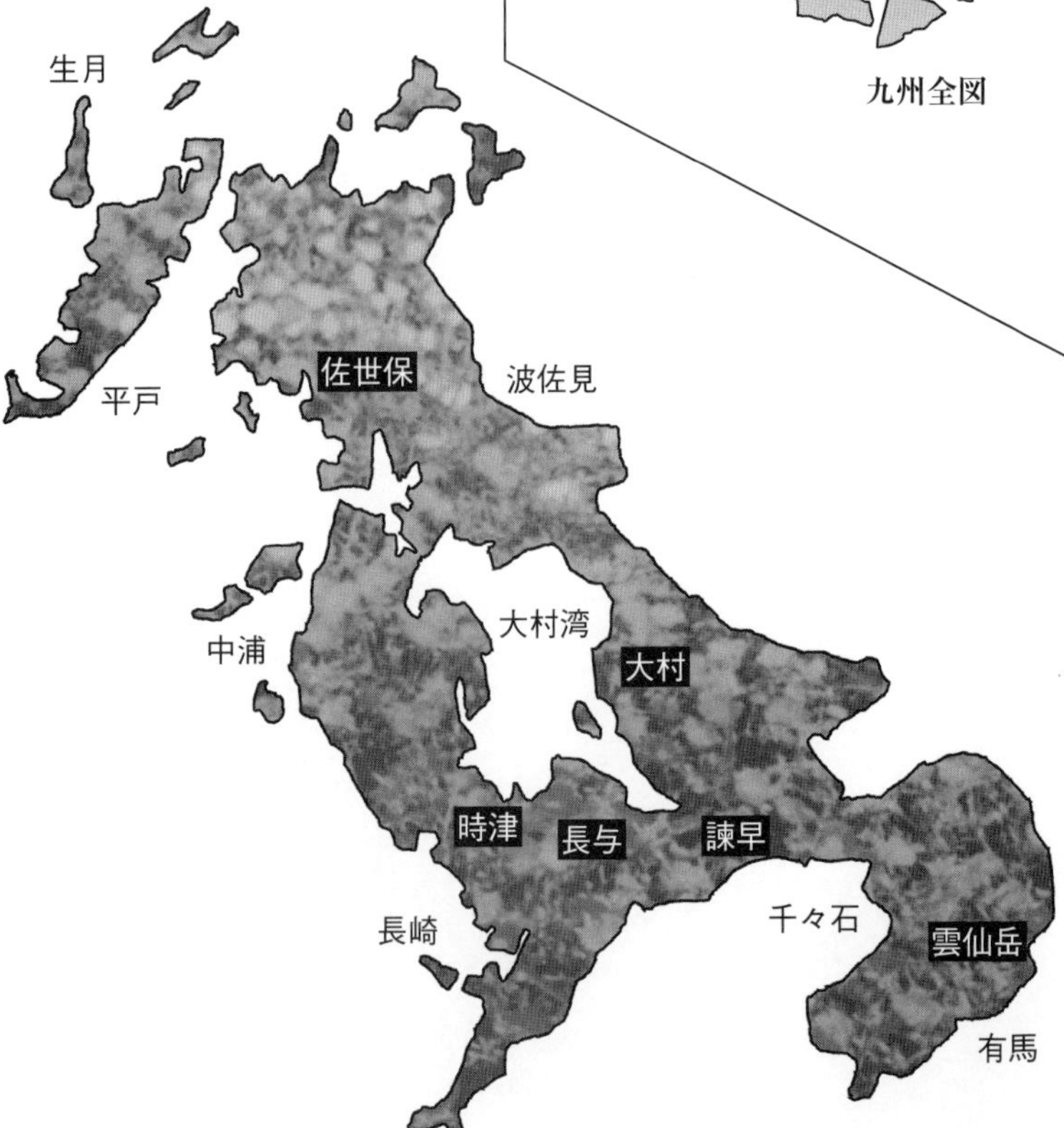

私的長崎風土記

1 長崎忌

長崎忌は八月九日、長崎の原爆忌である。

初回から重い話で恐縮だが、長崎を語るにも私の半生を語るにもこのことは外せない。

長崎では、毎年八月に、いろいろな原爆被爆者追悼のための関連行事が催されるが、「長崎原爆忌平和祈念俳句大会」もそのひとつである。私自身、この大会の運営に加わっていることもあって、梅雨の鬱然とした時期に苛烈な被爆を思いながら俳句を詠むことになる。俳句の師の矢島渚男先生は、新年号に俳句を頼まれても季を先取りした「正月俳句」を年内に作ることはしないという徹底した方針で、原爆忌における私の作句姿勢はその教えに反するのだが、原爆忌だけは致し方ない。それというのも、原爆忌は八月だが、原爆を思うのは合歓紅い頃、僅かに熱を孕んだ内向的季節という例年の習慣が身に染みているためだ。

原爆忌俳句を毎年詠むのにはもう一つ理由がある。もう一つというよりこれが最大の理由なのだが、それは被爆二世であるという私自身の生い立ちだ。私の両親は長崎の出身であり、母は長崎市中心部で被爆している。米寿まで生きて、長さとしては不足のない人生だったが、それでも血液系の癌に二回罹患している。父は出征中で被爆はしていないが、当時爆心地近くに住まいがあって、一緒に住んでいた係累の全てをいちどきに失っている。そのことは彼の人格とその後の人生を痛々しいほど蝕んだし、その家族の人生も難しいものにした。

なにもかもなくした手に四まいの爆死証明　松尾　あつゆき
厚葉夜は垂れて爆土のアマリリス　島田　輝子
彎曲し火傷し爆心地のマラソン　金子　兜太

これらの句は、被爆の記憶も生々しい時期に詠まれたいわゆる同時代の句だ。
私自身は戦後の生まれなので被爆体験はない。確かにその人生はかなり濃厚に原爆に影響された人生だと言えるだろうが、実際には直接の被爆体験からは隔絶されてい

る。そんな我々の世代にあっては、たとえ被爆二世であっても、この三句のような臨場感や切迫感のある句は詠みようがないというのが実状だ。実際、何年詠んでもこれだという句が無くて、先日出版した私の句集『青羊歯』にも、「長崎の生者と死者に甜瓜《まくはうり》」という慰撫と追悼の一句しか載せられていない。今後も原爆忌俳句を詠み続けていくとすれば、身内の被爆という私の存在の根幹を軋ませている事実を、実際はそこから隔絶されているという皮膚感覚で詠んでいくしかないように思う。被爆者の高齢化を迎えて、各方面で被爆体験の継承が叫ばれているが、考えようによっては「体験の継承」ということ自体が文字通り自家撞着を孕んだ言葉なのだ。

八月は、原爆忌から盂蘭盆会、終戦記念日と慰霊の日々が続くが、時期を同じくして、毎年、全国高等学校野球選手権大会が開催される。生と死という命の両面に関わる対照的な行事で、輝きと儚さをもって互いに裏打ちし合う。

酷暑のなかで繰り広げられる、そんな生命活動の振幅に、今年もまた出遭うことになる。

さるすべりサヨナラ負けに泣き尽し

明彦

2　毛糸玉

　わたしの母方の親類に俳句の好きな人がいて、自宅を会場に提供して、月に一回、句会をやっていた。私は世話人として句会の司会をしていたのだが、句歴の浅い人ばかりの集まりだったし、私自身、目指す俳句の定まらない頼りない状態だったので、実質は句会を名目にした定例の飲み会だった。この親類の女性は、母の従兄の子で、血の繋がりという点ではかなり遠い人だったが、戦前に家が近かったということもあって母が親しく付き合っていた。長崎では、親類や近所の親しい年上の女性のことを姉ちゃんと呼ぶのだが、母は彼女にとって姉ちゃんであり、彼女は私にとって姉ちゃんだったのである。彼女の家は戦前に長崎市で大きな鯨問屋を営んでいたが、戦後は店を閉じて鯨の倉庫のあった長崎郊外の町に移り住んだ。それが姉ちゃんの句会の会場だった。私が時々鯨の句を詠むのはそんな縁による。姉ちゃんが亡くなった後、遺句を整理していたら、「昭和より編み残したる毛糸玉」という句が目に付いた。毛糸

玉。この言葉に触れると、私は一気に、昭和、それも東京オリンピック以前の戦後の昭和に連れ戻される。そして、私の心の中で自動的にスイッチが入って、あのアダージョが流れ出すのである。

向田邦子の作品に『あ・うん』と『父の詫び状』があって、一九八〇年代にＮＨＫでテレビドラマ化された。いずれも戦前から戦後間もない昭和を舞台にした話だったので、カラーだったが抑えられた色調だった。『あ・うん』では、トマゾ・アルビノーニ作曲の「弦楽とオルガンのためのアダージョ」の切々とした情感に満ちたメロディーを背景に、まだ成熟していない女性の瞬きの少ない大きな濡れた目が、人の悲しみと愛おしさ、生きることの切実さと切なさを訴えていた。『父の詫び状』では、家族の縁にめぐまれずに育った父が、仕事で飲んでは客を自宅に連れて帰って過剰なほどに接待をする。家族にその手伝いをさせるのだが、客に対する細やかな気配りが欠けていると感じると、悲しくなって家族を強く叱るのだった。ある夜、例によって飲んで自宅に客を連れ帰ったが、客が泥酔して玄関でもどしてしまう。母は他の客の応接で忙しかったのだろう、命じられたわけでもないのに娘が客の吐物と汚れた靴の始末をした。

昭和三十年代前半くらいまでは、どの家も炭や練炭などが主な暖房で、火鉢や炬燵に火を入れて家族で囲んだ。火鉢には鉄瓶や薬缶が掛けてあって、いつも湯がしゅんしゅんと沸いて湯気を立てていた。冬めいてくると、母親は古いセーターを解き、毛糸を湯気に当てて編み癖をとり、乾いたところを玉にまとめた。子供達は両の腕に毛糸を掛けられ、母の巻き取る毛糸の動きに合わせてわずかに腕の傾きを変えた。そんな、冬の夜の、湯気で湿った毛糸の匂いを思うとき、あのアダージョが流れ始めるようなのだ。昭和生まれといっても昭和は長く、特に戦前と戦後では全く時代が違うが、確かに昭和は、母親が子供にセーターを編み着せた毛糸の時代だ。寒くなると、子供はタンスに仕舞われていたセーターを取り出して着せられるのだが、しばらくの間はナフタリンの強い匂いがして、首筋を刺す毛糸の痛痒い感触があった。それらは、少なくとも、昭和に生きた者達にとって共通の体験であり、時代の匂いと感触である。最近ではセーターは買うものになったが、押し入れの奥には母と子が巻き取った編み残りの毛糸玉がまだ残っているはずだ。

ちなみに、『父の詫び状』の詫び状は、客の粗相の始末をさせた娘に対して、直接詫びの言えない父親の、詫びの部分に朱の傍線を引いた手紙だった。

セーターの子に父方の背中あり

明彦

3　八谷くん

あの三年四組の八谷《はちや》くんはその後どうしただろうか。彼はいじめられっ子だった。臭いといってはいじめられた。

その小学校は昭和三十年代の佐世保市にあった。零細炭鉱と農家のある地域に、鉄筋コンクリートの新興アパート群が建った。街から新しい家族がやってきたのだ。新しい子供たちは半ズボンを穿き、習い事をし、競って勉強をした。ほとんどが核家族のサラリーマン家庭だった。アパートを取り囲むように炭住があり、零細農家があり、大家族があり、戦後の復興に立ち遅れた貧困があった。そして、二群のベビー・ブーマーが一つの学校に寄せられた。

八谷くんは旧住民層の家庭の子だった。父親は戦争で傷ついたのかもしれない。あるいは母子家庭だったのかもしれない。とにかく、母親は、まず子供たちを食べさせるために懸命に働かなければならなかった。貧しくて忙しかった。子供の身なりに構ってやる余裕はなかったのだ。

その小学校は、戦前からある学校だった。戦後に改築されていたが一部は古い作りで、入り口に広い土間があった。そこには米軍より供与された脱脂粉乳のドラム缶が並べられており、給食に脱脂粉乳にバターを浮かべた生温かい飲み物が出された。昼近くになると、調理室からそのバター・ミルクの匂いが漂い出て、学校中に充満した。そして、その中で、八谷くんは強烈に匂っていたのだった。

二つの群の子供たちは、学校でも放課後でも一緒に遊ぶことはあまりなかった。一緒にいても生活している時空が違っていたのだ。八谷くんは臭い臭いといじめられたが、いじめるのはおもに古い住民層の子供たちだった。新しく小ぎれいな集団を迎えて、彼らは身内の貧困と腐臭が堪らなく許せなかったのだ。

ある日担任が、教室で、八谷くんに風呂に入って来るように言った。そう言って金を与えたのだったのかもしれない。彼は新任の臨時教員で、すぐに顔を赤らめるおとなしくて不器用な人だった。古くからその地域で文房具や日用品を商っている小さな商店の息子だったが、その頃はもう三十歳を過ぎていただろう。新しい教員というにはやや垢じみていた。子供というのは残酷なもので、そんな先生を軽く見た。先生は思い悩んだ末に、何とか八谷くんのいじめの問題を解決しようと試みたのだろうが、

その不器用な姿がさっそく子供たちの好奇の視線にさらされた。そんな残酷な間合いの中に、顔を赤らめた先生と八谷くんがぎこちなく立っていた。

翌日、八谷くんは、入学式に着てくるような上等な上着と半ズボンで学校にやって来た。風呂に入ったのだろう、ちっとも匂わなかった。教室に恥じ入るような不思議な空気が充満した。子供を着飾らせて学校にやった八谷くんの母親の悲しみと怒りに、みんなが気圧されていた。

八谷くんはほどなく再び汚れ始めた。そして間もなく、以前と同じように匂ったのだった。

カスタネット釣瓶落しに子の走る

明彦

4　姨捨俳句大賞

　七月上旬のある日、俳句の出版社から電話だと診療所の受付の子が取り次いだ。いつものように「足腰は立たなくても、口だけは達者だ」などと老婦人をあしらっていた私は、また「あなたのあの優れた俳句を、私どもの出版物に是非掲載したい」といった類の金のかかる勧誘の話であろうと、ややぞんざいな気持ちで電話に出た。すると、世慣れた磊落な声で「ユウショリンのシマダガジョウですが、……」ときた。やっぱりきたなと身構えると、「長野県の千曲市で、毎年、さらしな・姨捨観月祭が催されていて俳句大会も行われるのですが、昨年より姨捨俳句大賞という句集を対象とした賞が設けられて、今年はあなたの句集『青羊歯』が候補にあがっています」と言うのである。「しかし受賞には条件があって、当日、候補者自身が大会に参加しなければなりません」と続ける。確かに私はこの年、『青羊歯』という句集を出していたので、あながち当てずっぽうな勧誘ではないなと思いながらも、地方の無名の俳人の

句集がいきなり全国的な俳句賞の対象になる筈もなく、「今回はちょっと手の混んだ勧誘だなぁ」と思いながら聞いていると、私の不審を察知したかのように「推薦者はオザワミノルさんです」と力強く重ねる。これで私の頭はやっと町医者モードから俳句モードに移り始めて、「オザワミノル？　小澤實。ん？　ユウショリン、邑書林。ああ、シマダガジョウ、島田牙城！」と、オセロ・ゲームの石が一斉にひっくり返るように事態を呑み込んだ。しかし候補作は六句集あって、わざわざ出掛けて貰っても受賞の可能性は六分の一だという牙城さんの説明に、返事はいったん保留して、後日メールをする旨を伝えてしどろもどろに電話を切ったのだった。

翌日、師匠の矢島渚男先生に用事があって電話をした際に、実はこれこれの電話が島田牙城さんからあったのだけれどと伝えると、「この賞はユニークで、大会当日、三人の選考委員が会場の参加者の目の前で、選考過程をオープンにして受賞者をきめるのだ。出席しなければチャンスがないから来た方がいいよ。」というご宣託だった。大会当日が連休だったので出席することにしたが、ただ落ちて帰って来るというのも勿体ない話だったので、この際、嫁さん孝行に旅行でもしようと二人分の宿と航空券を予約した。参加を決めて数日は、受賞するわけはないと思いながらも、受賞の言葉

などをぼんやり考えてふわふわニヤニヤと過ごしたが、やがてまたぞろ、「もういつ死んでも構わない」という年寄達を「あの世が楽しいかどうかわからないから、この世でゆっくりしていきなさい」などとじゃらしながら診療する日常の生活に引き戻されていたのだった。

候補の句集名と作者名は大会前にネットで公開されていたらしいのだが、私は全く知らないまま、当日、近くのラーメン屋でさらしなラーメンをすり込んで定刻ぎりぎりに会場の千曲市総合観光会館に辷り込んだ。候補作は昨年一年間に出版された句集六作品で、岡田耕治の『日脚』、折勝家鴨の『ログ・イン・パスワード』、私の『青羊歯』、関悦史の『花咲く機械状独身者たちの活造り』、中村安伸の『虎の夜食』、山口昭男の『木簡』であった。選考会ではこの順に、選考委員の小澤實、筑紫磐井、仲寒蟬の三氏が意見を述べて、幸運なことに私の句集が受賞と決まった。大会には一般募集句の選者として矢島先生も出席しておられたので、この受賞は、弟子として大変面映ゆく、名誉なことだった。

大会後は、台風一過の松本城を見て信州そばを食べ、味噌と漬物を土産に、リンゴ畑に囲まれた松本空港から帰途についた。

鰯雲夫婦でカツカレーなど食つて

明彦

5　ルドビコ

一五九六年十月、土佐浦戸沖にスペイン船サン・フェリッペ号が座礁した。その乗組員は取り調べに際して世界地図を広げて誇らしげに語ったという。スペインの領土は世界にかくも広いことを、そしてその版図はキリスト教の伝道を先達として拡大してきたことを。その発言が秀吉に伝わるや、キリスト教信者への苛烈な弾圧が開始された。フランシスコ会士ペドロ・バウチスタほか二十六人の修道士、信者は京都で捕縛され、処刑のために長崎へ送られた。その中に十二歳の少年、ルドビコ・茨木も含まれていたのである。

ルドビコは利発な少年ではなかったが無邪気で、京より千キロの旅の間、虜囚の信徒の心を和らげたと言われている。その幼さを哀れに思った役人が処刑に先立って転向をすすめたが、ルドビコは神の御許ハライソに行くことができると、歓喜に溢れて自分のための磔刑の柱を抱きしめたと伝えられている。彼は、父のパウロ・茨木、叔

父のレオン・烏丸とともに処刑されたが、一説によると三人は文禄・慶長の役のとき尾張に連れて来られた朝鮮人であったという。異郷での差別の中に暮らしたであろう三人は、東洋人とはまったく様子の異なる青い目の異人に接し、その文化と宗教の厳かな雰囲気に包まれて、初めて解放された思いに浸れたのかもしれない。陶然と殉教に到るのに教義の深い理解などは必ずしも必要ではなかっただろう。特に幼かったルドビコは、現世で豊かなものを見る機会もなかったので、ハライソに豊饒なイメージを抱けるはずはなかった。しかし、聖杯の金の輝きと慈愛に満ちたマリア像の温かさ、そして清澄な祈りの響きに、幼いなりにハライソを夢みることができた。生の意味も死の意味も十分に理解できていたとは思えないが、ただ、幼かったからこそ殉教にあたって揺らぎがなかったともいえる。二十六人の宣教師、修道士、信徒を連れた一行は、大村湾の最深部の港の時津に上陸し、のちにキリシタンの潜伏地となる浦上を経て西坂に到り磔刑に処せられた。今、西坂の丘には、今井菊治の設計になる聖フィリッポ西坂教会と二十六聖人記念館、舟越保武作の二十六聖人像が建てられている。今井菊治はアントニオ・ガウディを日本に紹介した建築家で、西坂教会はガウディの設計を思わせる特徴的な二本の塔を備えている。

二十六人の殉教から二百五十年後、長崎南山手町にパリ外国宣教会により大浦天主堂が建てられた。まだ禁教令下であったので、建前は居留地の外国人信者のための教会ということだったが、「天主堂」と日本語の表札が掲げられ、日本におけるカトリック教会の再建と復興という意図は明らかだった。一八六五年三月、プチジャン神父の耳元で、浦上のイザベリナ・杉本ゆりが自らの信仰を告白し、三世紀の間潜伏していたキリシタンがここに発見された。しかし、明治に入って「浦上四番崩れ」という史上最大のキリシタン弾圧が行われ、三千人以上の信徒が全国各地に流刑された。帰郷後、彼らはその流刑を「旅」と呼び、信仰を捨てることなく、禁教令廃止後の浦上に自らレンガを積んで新しい天主堂を建てることになる。それが被爆で失われた旧浦上天主堂である。この原爆による浦上の破壊を、繰り返されたキリシタン弾圧になぞらえて、「浦上五番崩れ」と呼ぶ人もある。

大浦天主堂は現存する日本最古の教会で、国宝に指定されているが、その正式名称は日本二十六聖殉教者聖堂であり、殉教地の西坂の丘に向けて建てられている。

冬三日月鉄扉に終る石畳

明彦

6　スクルージ

クリスマス・イブ。

この日は次男の誕生日でもあるので、私の家では、チキンの丸焼きと「メリー・クリスマス」と「お誕生日おめでとう」の二枚のチョコレート・プレートをのせた生クリームのケーキで祝ってきた。今は子供も成人して家にいないことも多いのだが、チキンを焼く習慣は続いている。それは、私自身が、オーブンでホール・チキンが焼けるのを待つのが好きだからで、そのために小さな台所には不釣り合いの大きなオーブンを置いてある。ひと昔前のことだが、夕方、チキンの焼ける間うたた寝をしながらテレビを観ていると、ＣＧで制作した「クリスマス・キャロル」をやっていた。ディケンズの原作で、いろんな形で映画化されていて、このＣＧもその一つだったのだが、これを見ていて、アニメで見たスクルージ・マクダックのクリスマス・キャロルを思い出した。アメリカに居たころ、言葉の不自由な一家は親子で繰り返しディズニーの

ビデオを観ていたのだが、その中の一本にスクルージ・マクダックのクリスマス・キャロルがあった。「スクルージ・マクダックとお金」という題だったかもしれない。ドナルド・ダックの伯父で、冷酷な金貸しのスクルージ・マクダックが主人公だ。クリスマス・イブに悪夢を見て改心し、今までさんざん苛めてきた甥の事務員一家や町の人々に許しを請うて、一緒にクリスマスを祝うという原作をなぞった筋立てだったのだが、私はそのケチで意地悪で偏屈で純粋で寂しいスクルージ・マクダックが気に入っていたので、クリスマスにおける彼の無条件で安易な改心にはいささか不満があった。しかし私の感想はともあれ、この「安易な改心」はクリスマスの時期のアメリカ東部の雰囲気をよく表していると思っていた。

この時期、ショッピングモールは、リボンの深紅と樅や柊の深い緑とポプリの香りに包まれて、敬虔で清澄な空気と弾むような喜びとが混在している。「何はともあれ、面倒なことはいったん脇に置いて、クリスマスを祝うのだ。貧富の差も人種問題も、今日はスクルージの改心のカタルシスで昇華してしまおう。メリー・クリスマス。みんな神の子だ。」といった調子なのだ。私のいた基礎医学の研究所はユダヤ人が多くて、クリスマスなど特別なことでもないといったような抑制した感じだったが、それ

にしてもクリスマス前の職員の浮ついた様子に、ことさら誰も異を唱えないという雰囲気だった。

そんな研究所での研究者たちの日頃の目標は、何か新しいことを見つけて「ネイチャー」などの一流雑誌に発表することだったが、私がアメリカにいた一九八七年に、日本人利根川進が、抗体分子の多様性発現のメカニズムを遺伝子レベルで証明してノーベル賞を受賞した。その仕事は、乱暴に要約すると、「親から受け継いだ形のままに染色体上に固定されていると思われた免疫グロブリンの遺伝子が、個体の発生時に切ったり貼ったりの再構成をうけて、さまざまな抗原に対応できるその人独自の免疫グロブリンのレパートリーを獲得している」ということを鮮やかに示していた。当時、この分野はとても競争の激しい分野で、複数の有力な研究者が一流の科学雑誌で成果を競ったが、タッチの差で利根川にノーベル賞を持って行かれた。その代表的な競争者がユダヤ人だったこともあって、同じくユダヤ人であった私のボスは、「トネガワと彼が同時受賞でもよかったのに」と残念がった。そして、私に同意を求めたその時の表情は、純粋な吝嗇家スクルージ・マクダックとよく似た愛すべきものだった。

神無月地球儀ぴたりぴたり止め

明彦

7　天正遣欧使節

本書の冒頭に二枚の地図を掲げている。図（1）は九州における長崎県の位置と形を示している。長崎県は九州の西端に位置していて五島列島や壱岐、対馬など多くの離島を含み、全体の形を俯瞰して眺めてみると、その姿は九州が掲げたトーチのようでもあり刀剣のようでもある。それはこの国の歴史の中で、この地が担ってきた役割を象徴するようにも見える。図（2）は長崎県本土の略図で、この書の中で私が取り上げた地名をまとめて記している。その多くは現在も存在する地名だが、町村合併などですでに廃止された古い地名も含まれている。正確さを期すことがこの地図の目的ではなく、この地に現れた歴史を混然と示すことが目的なので、形はデフォルメされており、地名の位置も正確なものではない。文章を読む際にときどき見返して、各地の位置関係を摑んでいただければ幸いである。試みに私のフィールドを地図で追ってみると、私は県北部の佐世保市の生まれで、両親の出身地である県南西部の長崎市で

仕事をし、長崎市の北隣りで大村湾に面した長与町に住んでいる。県外に出かけるには、ＪＲ長崎本線で長崎、諫早、佐賀、博多と抜けるか、大村市沖の箕島にある海上空港の長崎空港より空路を辿ることになる。今回は天正遣欧使節の四少年について触れるのだが、こまごまと一般には馴染みのない地名が出てくるので、早速、これらの地図で場所の見当をつけて頂きたい。

県南部の長崎市と島原半島を結ぶ位置に諫早市があり、同市多良見町は大村湾に面していて、私の住む長与町に隣り合う。海際まで山が迫る地形で、古くからの蜜柑の産地である。伊木力川の谷沿いに僅かに平地があって、夏には鶯、時鳥の声で満たされ、秋には曼珠沙華に縁どられた稔り田が広がる。私の独り吟行の定点である。川を支流に沿ってしばらく上ると、山道の途中に石碑があって、「妙法」という碑文の下に夫婦と思しき二人の名前が刻まれている。碑は千々石清左衛門（ミゲル）の四男玄蕃が建てたもので、種々の調査の結果、ミゲル夫妻の墓であるとほぼ断定されて発掘調査が進められた。

ミゲルは、島原半島の付け根に位置する千々石城の城主千々石直員の三男であり、

大村藩主大村純忠の甥で、かつ有馬の藩主有馬晴信の従弟である。その家柄から、キリシタン大名大村と有馬の両家を代表する正使として四人の天正遣欧使節の一人に選ばれている。もう一人の正使は豊後の領主大友宗麟の縁戚の伊東マンショで、大友家を代表するとともに使節の主席として役割を果たした。残りの二人はいずれも大村家ゆかりの者で、波佐見の原マルティノと西海町中浦（現在の西海市）の中浦ジュリアンであった。四人は有馬に設置されたイエズス会のセミナリヨで共に学び、使節に選ばれた。後年、マンショ、マルティノ、ジュリアンの三人は司祭に叙せられてキリスト教迫害のなか布教にあたり、マンショは長崎で病死、マルティノはマカオに追放されて二度と日本の地を踏むことはなかった。更に、ジュリアンは捕縛されて長崎で穴吊りの拷問を受け、壮烈な殉教を遂げてカトリック教会の福者に列せられている。しかし、ただ一人、ミゲルだけは棄教して改宗し、清左衛門と名乗って大村純忠の嫡男喜前に仕えた。

天正七年（一五七九年）、イエズス会巡察使アレッサンドロ・ヴァリアーノが来日した。フランシスコ・ザビエルの来日以来三十年ほどが経過し、その後多くの宣教師

が携わってきた日本における布教状況を把握するのが目的であった。この頃、西日本各地には十数万人の信者がおり、大友宗麟、大村純忠、高山右近などの大名を含む支配階級にも信者の層が広がっていて、日本人は挙げてキリスト教への改宗の一途にあるかに思われた。しかし、それが南蛮交易の利益を狙った藩主導の藩民丸ごとの改宗で、教義を深く理解した上での個人的な帰依がまれなことにヴァリアーノは危機感を持った。真のキリスト教布教のためには教育機関の設置が必須であると考え、セミナリヨを安土と有馬に設立した。更に、使節団を派遣して日本人に偉大なヨーロッパを見せ、カトリック教会の威厳を体感させて、その体験を通じて布教を押し進めることが肝要だと思い至った。それが天正少年使節派遣の目的であった。十分な準備のないままの派遣であり、使節の少年達の出自も藩を代表するには不十分なものだったが、一五八二年二月、一行は長崎を出帆した。渡欧後の使節の処遇はまことに破格のもので、国王、諸侯と同等の待遇をうけて教皇と謁見することになるのだが、この厚遇には、当時広がりを見せていたルターの宗教改革に対するカトリック教会の危機感が関わっていた。はるか東方の国よりの使節の来訪は、カトリック教会の布教の成果を誇示する格好の好機であり、大掛かりに歓迎の趣向を凝らす価値があった。使節はまさ

にヨーロッパと日本の政治的、宗教的思惑の真只中にあったのである。

そんな使節が帰朝したのは一五九〇年で、出発時とは打って変わって秀吉の禁教令下の困難な時期であった。それでもマンショ、マルティノ、ジュリアンの三人は終生イエズス会士として信仰を守ったが、ミゲルだけは大村喜前に仕え、喜前に従って棄教、改宗して、その後の大村藩の苛烈なキリシタン弾圧にも加担していくことになる。なぜ四人の道は異なったのか。帰国後の彼らの状況を子細に物語る資料はないが、それぞれに異なった事情があったと思われる。確かに彼ら四人はヨーロッパで多くのことを見聞はしたが、その間、ラテン語や教理など基礎的なことを学ぶ機会が少なく、学力は日本に残った同年代の信徒に比べて必ずしも高くなかった。したがってイエズス会の修道士となり宣教師に列せられるには、帰国後に改めて学び直さなければならなかったのである。虚弱な体質のミゲルにとっては成果の上がらない勉学が苦痛であったのかもしれない。十年間ほどの修道院生活の果に還俗し、清左衛門と称して妻帯している。さらに、四人の中では藩主の従弟という確かな身分のあったミゲルには、何が何でもイエズス会で生きていかなければならないという動機が保てなかったのではないかとも思える。ミゲルが喜前に、「キリスト教が国を奪う邪宗である」と説い

て棄教と弾圧を先導したという歴史書の記載もあるが、ミゲルを利用してキリスト教徒を弾圧した大村藩の口実であろう。清左衛門はやがて大村藩を追われ、頼った有馬藩からも追放されている。かつてイエズス会士であったということが、禁教した両藩にとっては不都合なことだったのであろう。

伊木力の墓石には常安と妙信という男女二人の戒名が刻まれていて、寛永九年十二月に女が先に亡くなり、二日遅れで女の後を追うように男が亡くなっている。墓の一部は発掘されて、女性の骨とキリスト教信仰を示す遺品が出土した。ミゲル夫妻の墓と推定され、少なくとも妻はキリスト教信仰を保ったと考えられるが、一方、ミゲル自身は棄教したのか、あるいはイエズス会を脱会しただけでキリスト教信仰は守ったのか、確かな証拠は確認されずいまだに不明である。

かつて島原の乱の時、天草四郎時貞はミゲルの子ではないかという風聞が長崎で立った。勿論、史実と異なるが、ミゲルにはそんな謎めいた側面がある。

桔梗や鬼籍に入りて洗はれて

明彦

8　返り花

長崎新聞の一面に「今日の一句」という小さなコラムがあって、地元の俳人が身近な人々の一句を取り上げて温かい寸評を加えている。ある日、その欄に、私の「根の国の花時にして返り花」（句集『青羊歯』収載）の句が取り上げられていた。句意は、根の国はいま花時であって、それが時空を違えてこの世に零れ咲くのだろうかといったものである。実のない句のようだが、句に詠んだその返り花は、確かにあの亡くなった赤ん坊の唇のような薄々とした花だった。

どういういきさつだったのか覚えていないが、私の家にベビーベッドがあって、そこに赤ん坊が寝かされていた。生まれたてではなかったがまだ首の坐らない乳児だった。そんな子供を置いて皆が出かけるはずもないので、家の中には誰か大人が居たのだろうが、その時、その部屋に居たのはその女の子と私だけだった。カーテン越しの柔らかくて熟れたような赤い光が、赤ん坊の顔を包んでいた。その子はとても整った

顔立ちをしていて、目鼻立ちはむしろ老成してみえた。そしてその唇は、まさに二枚の桜の花びらを合わせたように整って美しかった。その時私は八歳ほどであっただろうか、花のような色に誘われて、その完全な唇に人差し指で触れた。私の指先に押し返す唇の弾力が残り、その命の感触は今もこの指の腹にある。そう感じている。それは今から六十年ほど前の、春爛けたころの昼下がりだった。

それから数ヶ月が経った頃、その子が死んだ。白血病だということだった。私はそれを聞いたとき、私が触れたためにその子が死んだのだと瞬時に悟った。私の母は長崎で被爆していた。夏になると体がだるいと訴えていたし、血液検査をすると白血球が減っていた。その頃、巷には被爆者に白血病が多いという話が流布していて、被爆者の子供である私は、いつか自分も白血病を発症するに違いないとぼんやりと信じていた。そして、母の不調と白血球の減少を、忍び寄る白血病の予兆のように感じていたのだ。あの日わたしが赤ん坊に触れ、そしてその子が白血病で死んだ。唇に触れた時、生と死の運命が交叉して、私が生き残りその子が死んだのだと、私はそう確信したのだった。

小春日和の麗らかな日。日当たりのよい公園の桜の木に季節外れの花が二、三輪咲

いている。頼りなげでやや小振りな花だが、その花びらは柔らかい日差しにわずかに透けて、あの整った唇のように桜色に光っている。あの子の行った根の国は、今、花時だろうか。桜の花が咲き満ちて、そしてこの世に零れ咲くのだろうかと思うのだった。

と、こんなところが私の記憶の概略である。しかしこれは、大方、私が成長するに従って書き換えた記憶であろう。命が交差するなどという情緒的なことは、幼い頃の私は考えもしなかっただろう。確かに未熟ではあったが、もう少し理性的な子供だった。そして、実際にそんな赤ん坊がいたのかどうかも、今は覚束ない。ただ思春期になって創作的妄想が芽生え始めた時、一種の高揚感をもってこの物語の非科学的飛躍を受容したのではないか。詩的な世界とは、心の非科学的な跳躍をもって現実を止揚する世界のことだとはき違えてしまった。そして、そんな心の傾向が、今も私の句作や詩作に時折り顔をのぞかせるので困っている。

交差

柔らかい物が視界を斜めによぎった
巣から零れた雛だった
まだ開かない瞼は腫れぼったく
濁った肌に紫色が差している
羽毛は僅かで　両肩には薄桃色の翼の原基があった
雛は
落ちたところから匍匐するように動き始めた
五月の強い陽が射していた
どこへということではなくて
ともかくも動ける方へと這い始めたのだろうが

前のめりの体は
厚い靄の中を手探りで進むもののようにも見えた
雛には瞼を通した淡い光以外は何も届いていないだろう
混沌の中を僅かに明るい方へと少しずつ進む

あの時ふいに
私の肩は別の肩に触れた
柔らかい物を通して骨の感触があった
深い靄の中を同じ向きに進むものがいて
裸の肩が触れあったようだった
そして今
私は　懐かしいもののように
柔らかくて固い肩の感触を私の肩に甦らせている
この雛だっただろうか
私が肩を触れ合ったのは

その肩を通して初めて
私は私というものの肌触りを知ったのだった

どれほど進んだだろう
やがて雛は動かなくなって
その湿った体は土にまみれた
放っておくわけにはいかなくて
その体を棕櫚の箒で塵取りに取り込もうとすると
箒のしなりを通して雛の肩の感触が伝わってきた

私が掃き取られる
そんな交差もきっとあり得た

9　若草

昨年の秋、自宅をリフォームすることになって新築以来の大掃除をした。家を建てたのは留学から帰ってすぐの頃だったので、資金がなくて安普請だった。二階の床が傾いてきていたので建て直すのが常識的な判断だったが、愛着があってリフォームして住み続けることにした。整理を始めて最も厄介だったのが本の始末で、適当な嵩を紐で括っては資源ごみの日に纏めて出した。私の学生時代にはサルトル、カミュ、カフカが依然として人気だったが、次第にロブ＝グリエやサロートなどのヌーヴォー・ロマンと括られる作家たちに関心が移り始めていて、私も感染するようにそんな時代の本を読んだのだった。

ある秋、私は山陰を旅した。冬にはまだ間のある明るさの残る季節だった。大学を封鎖した時の事だっただろう。学生の熱気はしだいに失せていたが、大学当局にも機

動隊を投入することにためらいがあって、バリケードの中には奇妙な安定感が漂っていた。私はそんな闘争の場を離れて、ひとり旅に出た。長崎本線、鹿児島本線、山陰本線と列車でたどり、益田あたりで一泊して翌日松江に着いた。旅程を決めない旅だったので、その日は夕方やや早めに宍道湖湖畔で宿を物色し始めた。旅費など十分にはなかったが、ユースホステルには泊まりたくなかった。学生が泊まるには場違いな、格式ばった旅館の広く開け放った玄関の三和土に入って声をかけると、仲居が出てきた。二千円で泊まれるかと尋ねると、胡散臭げな表情だったが、帳場に聞いてみると奥に消えた。やがて、あれは女将だったのだろうか、きちんと着物を着たやや太りじしの女が出てきて泊めるという。二階の広い和室に通された。ほどなく夕食となったが、浴衣に着替えるということもなく、白いセーターのままで独りひろい座卓につくと、いっぱいに並べられた旅館の料理を酒も飲まずに食べた。その間、仲居が入口の襖近くに座って給仕をしたが、酒も飲まない学生相手だからどう取り付く島もない。こちらも仲居に話をするような洒脱な心得もなくて、黙りこくって酒菜と思しき料理で黙々と飯を食った。まだ夏の趣の残ったオレンジ色の宍道湖の夕焼けだった。翌日、松江で「若草」という茶菓子を四つ買って鳥取へ向かった。長崎に帰るには間があっ

たので、誰かへの土産というわけではなかったが、ただその茶菓子を買ってみたかったのだ。しかし鳥取で下りてほどなく、車中に「若草」を忘れて来たことに気がついた。

その旅にはもうひとつの忘れ物があった。長崎への帰路の列車に本を忘れたのだ。旅の車中で読むつもりで持って行ったのだが、移り変わる車窓の景色に心奪われて結局は読まず仕舞いだった。それでつい置き忘れることになったのだ。下宿に帰って気が付いて駅に問い合わせると、幸いにも窓口に届けられているという。早速引き取りに行ったが、駅員は学生証を確認したうえで、含みのある表情でややしつこく忘れた本は何だったかと尋ねる。ナタリー・サロートの『黄金の果実』とル・クレジオの『発熱』だと答えたが、それだけかとさらに問う。はっと思いだしてアラン・ロブ＝グリエの『快楽の館』もあったと答えると、駅員は何とも卑俗な笑いをした。この三冊は例のヌーヴォー・ロマンとその同時代のフランス文学なのだが、置き忘れるにはタイトルが悪かった。卑猥な本を読む品性の低い学生と値踏みされたのだ。謂われない侮辱に、私は薄い胸を必要以上に反らして、ボヘミアンとしての反権力の意志をこの駅員に対して示したのだった。

同棲の窓打つてゐる黄金虫

明彦

10　旅の話

大雑把に言うと、長崎は旧天領長崎（旧長崎）と浦上よりなる。そしてその二つの地域は、二十六聖人をはじめとした殉教者の処刑場「西坂」を継手として、蝶の翅のように南北に開いている。旧長崎は眼鏡橋の掛かる中島川沿いにひらけた地域で、出島を始め鎖国時代に外国との交易で栄えた商業の町である。一方、浦上は浅い海が浦上川の奥まで入り込み、その海沿いに点々と寒村の広がる農業地帯であった。キリシタン禁教の後、旧長崎の住民はほとんどが棄教、改宗し、キリスト教は浦上村中里に潜伏した。

旧長崎を俯瞰してみると、三方を山に囲まれ一方が港になっているが、その周囲を囲む山の裾に市街地を馬蹄形に囲うように二十ほどの寺が立っている。そしてそのほとんどの寺の建設時期が、一六二〇年以降の短い時期に集中している。禁教令が発布された当時、長崎には五万人ほどの住民がいてそのほとんどがキリスト教徒であった

と言われているが、一六一二年の禁教令以降、寺請制度が厳しく施行されて、住民は全ていずれかの寺の檀家となることが強制され、短期間のうちにそのほとんどが棄教、改宗することになった。旧長崎を包囲するような寺院はまさにその受け皿として建てられたのである。興福寺、崇福寺などの唐寺もあるが、これらは華僑らが自らキリスト教信者でないことを証明するために建立したものと言われている。一方、貧しくて人口も少なかった浦上には西坂近くに浄土宗聖徳寺が一山あるのみで、浦上地域の住民はすべてその聖徳寺の檀家となったが、ここにキリスト教信仰が潜伏する余地がうまれた。一六一四年の禁教令により宣教師はすべて国外に追放されることと決まったが、その後も宣教師の一部は潜伏し、あるいは密入国して信者の信仰を支えようとした。しかし、幕府の厳しい詮索により一六四三年にマンショ小西、マルチノ式見の二人の日本人神父が殉教すると、ついに日本国内に宣教師はいなくなった。これ以降、信者達は、自ら神父の働きを分担する独特な地下組織を作って潜伏することとなったのである。キリスト教の排斥は、寺請制度、毎年の宗門改めと絵踏み、五人組連座法により徹底的に行われたが、この地下組織の存在によって、浦上における信仰は二百数十年の間、七世代、のべ数万人の規模で維持されたのである。一八五八年に欧米五

か国と修好通商条約が結ばれると、居留地の外国人の信仰と礼拝の自由が認められ、長崎に大浦天主堂が建てられた。そして浦上の信徒が天主堂を訪れてプチジャン神父に信仰を告白し、神父の歓喜の手紙で潜伏キリシタンの存在が海外のキリスト教世界に報知されることになった。

禁教下の浦上では、死者が出ると檀那寺の聖徳寺に読経を頼み、納棺に立ち会ってもらっていた。キリシタンの家では、読経の間、別室で「お教消し」の祈りを唱え、坊さんが帰ったあと棺を開いて仏教的な供物を取り払って埋葬していたと言われる。これは聖徳寺も地域を管轄する庄屋も薄々承知のことで、これを守って潜伏が維持されてきたのだったが、大浦に天主堂が出来て神父に信仰の告白をしたのちは、死者をキリスト教の作法で葬りたいという欲求が矢も楯もたまらず強くなっていた。死してその霊魂（アニマ）がハライソに生まれ変わるということが信仰の眼目であったので、それは無理からぬことであった。

一八六七年四月五日、浦上中里村本原郷の茂吉、翌六日平野宿久蔵、さらに本原郷たかなど計十四名が、檀那寺の立ち合いを拒否して自葬されたことで浦上村のキリシタン信仰が明るみに出た。一八六七年七月十四日の豪雨の夜、長崎奉行所公事方掛役

人が本原郷の秘密教会聖マリア堂を急襲して、浦上四番崩れというキリシタン大弾圧が開始されたのだった。この時浦上の主だった信徒六十八名が捕縛検挙され入牢したが、フランス公使ロッシュらの抗議により一旦は釈放されることになった。しかし禁教令は廃止されたわけではなく、この浦上の邪宗門徒の問題は幕府が崩壊したのち、明治の新政府に引き継がれることとなる。

明治政府は祭政一致の政体に復古する旨の布告を出し、神道国教主義を奉じる施政方針を明らかにした。廃仏毀釈による仏教弾圧とともに、当然邪宗門たるキリシタンの弾圧は継続され、より苛烈なものとなっていく。島原の乱の時に流布された「キリシタン奪国論」が二百五十年にわたって根深く浸透した世界にあって、浦上の一村をあげてのキリスト教信仰は世情騒乱に繋がる不穏な事態と見做された。一八六八年四月、新政府の澤宣嘉、井上馨の赴任により浦上キリシタン信徒の取り調べと改宗への説諭が再開されたが、棄教に応じるものが少なく、禁教の実が上がらないため、六月に太政官達が発せられて浦上キリシタンの処分が開始されることとなった。この年の七月、高木仙右衛門、守山甚三郎などの中心人物百十四名の萩、津和野、福山への移送が行われ、一八七〇年一月には浦上の一村総流罪が開始される。流配者総数三四一

四名、配流地は鹿児島、岡山、和歌山、金沢、徳島など全国二十一か所に及んだ。一八七一年十二月、岩倉具視を全権大使とする使節団が欧米に派遣されるが、キリシタン弾圧に対する欧米諸国の指弾は厳しく、一八七三年二月、明治政府はキリシタン禁制の高札の撤去と浦上住民の帰村（長崎県下異宗徒帰籍）を決定する。ここに二六二年に及ぶ禁教の歴史は終わりを迎え、流配者は逐次浦上に返された。帰還者二九〇五名、流配中の死亡者六六四名、不改心者（棄教しなかった者）一六八二名であった。この流罪の壮絶な日々のことを浦上キリシタンは単に「旅」と呼び、後年聞き語りにより「旅の話」がまとめられる。

私の父親は浦上の出身だが、倉田という姓は浦上では珍しい名前だ。熊本辺りには多い姓のようなので、比較的新しくその辺りから移り住んだのかもしれない。母親の方は旧長崎の出で、諏訪神社の宮日の踊り町の生れであることが自慢だった。どちらの家もクリスチャンではないので、潜伏キリシタンとは関係がないと思われるが、ただ、父の母親という人は深堀という旧姓で、これは浦上に多い名前だ。その私の祖母は、父を生んで間もなく結核の感染が明らかになって離縁されたという。はたして彼

女の家がキリシタンであったか否かは戸籍を辿れば容易にわかることだろうが、今のところそうするつもりはない。「祖母が、キリシタンの家の出であったかどうか。キリシタンであったとして改心者の家であったか、あるいは不改心者の家であったか」というのは興味深いことではあるが、どの歴史が事実であっても担うにはいささか重すぎるような気がしている。それよりもむしろ、ごく直近の係累に、子を残して家を去らなければならなかった悲しい女の人生があったという事実が、痛ましく悲しく身に迫って来る。

宗門を問はず長崎梅雨出水

明彦

11　エッシャー

　内科医になって六年ほど経った頃、仕事も一応覚えて決まりきった日常に少し退屈してきていた。何か研究でもやってみようと思ったが、臨床のいわゆる実学を地道にやる気持ちは無くて、基礎医学をやってみたいと思った。私の入局した長崎大学の第一内科には、日々の診療にはあんまり興味はないけれど珍しい疾患や症例には色めき立つような変わった人種が集まっていて、少しく研究の機運があった。そしてこの頃、医学の世界では、難病と呼ばれるわけの分からない病気の原因には何らかの免疫異常が絡んでいるに違いないという、これも根拠のはっきりしない考えが次第に確信に似た妄想を築きつつあって、治療法ではなくて病態の本質を知りたいという若い医学徒に免疫研究のブームが起こりつつあったのだ。そんな時代、基礎医学の雑誌にひときわ垢抜けて論理的で、美しくて煽情的な論文を書く学者がいて、その名を多田富雄といった。彼の或る論文では、科学論文であるにも関わらず、巻頭にエッシャーのデザ

イン画が掲げられていて、生体における免疫機構と免疫反応のようすが、一定の模様の繰り返しとそこに起こる僅かなパターンの揺らぎとして視覚的に示されていた。私は、その美術書とも見まがう論文の体裁と論理の美しさに魅了されて、多田教室の門を叩くことに決めた。とは言っても、当時、多田先生は業績が認められて千葉大学から東京大学に移ったばかりの頃で、その教室に加えてもらうのは難しかったのだが、長崎の内科の教授が東大の出身であったのが縁で、研究室に加えて貰えることになった。一九七八年の暮れに教授に伴われて赤門をくぐり、銀杏並木を抜けた正面にある医学部の基礎研究棟に多田先生を訪ねた。先生は引っ越しの終らない居室に我々を迎え入れて、「きっと先生のお役に立つように教育してお返しします」と教授に挨拶をされた。これに対して、教授は「私の役には立たなくていいが、熱意があるようだから勉強させてやってほしい」と言われた。教授は希少な疾患の研究に長年従事していて、若い医局員には、巨大な風車に槍を持って向かうドン・キホーテのような教授という印象であったが、この時の教授の研究者としての心の在りようには、日頃斜に構えている私も何だかすっかり心打たれてしまった。

免疫と言うと一般に外部から侵入する病原体に対する防御機構だと考えられがちだ

が、現代の免疫学ではそれは精密な自己認識機構だと考えられている。ある人の免疫機構ではその人自身の組織と反応する免疫系だけが厳密に排除されていて、自分とは反応しないように設計されている。免疫を担当する細胞は、普段に体の中を回遊して自分を確認し続け、自分と少しでも違うものに遭遇すると激しく反応し、攻撃する。臓器移植の際の拒絶反応が一つの例だが、自己と他者を厳格に識別することで、結果的に外部からの異分子の侵入を防いでいるのだ。膠原病などという難病では、何らかの原因で自分に反応する免疫細胞の排除がきちんと行われていなくて、他者に対して反応するように自分を攻撃してしまう。つまり自己ー非自己の認識の破綻が、自分を苛むのだと考えられている。何とも哲学的な話で、この免疫学の、他の生命科学とは異なる哲学性、文学性が私を引き付けた。理系に居ても本質的に文系好みであった私に、何とか手の届く生命科学だと感じさせた。そんな新しい免疫学を主導していたのが多田富雄先生であり、先生は科学者であると同時に、詩人であり、思索家であり、稀代の新作能の作者でもあった。

亀の背に若き浦島藺座布団

明彦

12　宇宙服

　五月の中旬、東京大学大学院医学系研究科病因・病理学専攻免疫学という教室から便りがあった。私が在籍したことがある東京大学医学部免疫学教室の後身の教室である。内容は、今年この教室が開設百周年を迎えるにあたり、同窓・同門会を結成するとともに新たに同窓会名簿を作成することにしたので、所定の返信フォームに現況を記載して送り返してほしいということだった。趣意書によると、教室は初代三田定則教授により血清学教室として創設され、四代目の多田富雄教授の時に免疫学教室と教室名を変更、その後改組によってこの長い教室名となったらしい。捗々しい働きもしていないのだが、同門の末席を汚すべくフォームを満たして返信した。

　一九七九年、免疫学教室に入局した私は、長崎県西彼杵郡《にしそのぎぐん》長与町《ながよちょう》吉無田郷《よしむたごう》から東京都豊島区西巣鴨に住所を移した。上京した当初は放っておいたのだが、住民票をとる必要があって転入手続きをすることにしたのだった。手続きにあたって、長崎県西

彼杵郡という地名は地元の住民でなければ馴染みのないものだし、ほかの土地では正しく読むことの出来る人も少ないであろうことは容易に予想できた。案の定、管轄の豊島区役所分室の戸籍係の男は、まず私が書いた本籍地を正しく読むことから始めなければならなかった。そして読んだ後も、それが実際に存在する地番なのかどうかを確認し、さらに私がその地番に縁故のある人間なのかを電話で問い合わせなければならなかったのだ。当時は、インターネットも無く、ファックスさえ無い時代だった。問い合わせの間、彼は同僚を相手に、地名の奇妙を言い、問い合わせた長与町役場の役人の非能率を罵り続けたのであった。

東京での私は、臨床医のネクタイと白衣の姿から解放され、なめし皮のジャケットにジーンズなどを身に着けて、社会への非所属感を楽しんでいた。そして、研究室では、汚れた実験着を羽織ってはいたが、世界の先端を行く免疫学の研究をしているという意識があったので、なにか不遜な高ぶりが心を充たしていたように思う。つまり、そんな思い上がりもあって、既成の価値とか虚飾というようなものを心底憐れんでいたのだった。豊島区の役人も長与町の役人も変わりがない。その変わりのないものが、互いを区別し、差別化してあれこれと目くじらをたてるのをとてもいじましく貧相に

感じた。既成の世の中がテーブルの上の紙人形の舞台のようで、私はどんと机を叩いて、今にも息を吹きかけんばかりの心持ちだったのである。それまで最も大切であった医者であるということも、それほど意味のあることではなくなっていた。学問の世界という真実を探求する宇宙《コスモス》に、ひとつの個性として浮遊する自由が楽しかった。そんな私にとって、この本籍地「長崎県西彼杵郡長与町吉無田郷」という変わった属性が、何故かとても好ましく、宇宙服に付けた個性的なワッペンのような、そんな小洒落たものとして感じられていたのだった。

出席するかどうかすこし迷ったが、十月に開催される同門会は欠席する旨メールを送った。それは私が、科学というコズミック・フロントで真の飛行士ではなかったという思いがあったからだが、そんな悔いも込めて、要請のあった同門会誌の小文だけは寄せることとした。

もてあます家鴨の卵草田男忌

明彦

13　花と降りしと

ある日曜日、夫婦共に疲れていて夕食は外で済まそうという話になって、近くの焼き肉屋にでも行くかと出かけてきたが、あいにく混んでいてしばらく待たなければならない。時間つぶしにとモールの中の本屋に入ったが、読みたい本がすぐに見つかるような本格的な本屋ではない。案の定、めぼしいものは無かった。しかし、いったん入ると何か買わないと店を出にくいような気分になって、気ぜわしく長崎県関連図書と表示のある一角を探してみた。今年、「長崎と天草地方の潜伏キリシタン関連遺産」がユネスコの世界文化遺産に登録されたのを機に、新しい本が何冊か出版されていた。そのほとんどが離島の教会の写真集で、深みのある出版物は無かったのだが、一冊、広野真嗣著の『消された信仰』（小学館）という本が目を惹いた。それは、表紙カバーに珍しい絵が掲げてあったからだ。

その絵には、縦長の画面の右手いっぱいに、ちょんまげで着流し姿の男が立ってい

る。三十台半ばだろうか、遊び好きの中店の主人といった風情だ。着物は黄色の地に大きな赤い花柄模様で、腰に薄紫の幅の狭い帯を二重に巻き、右手に赤い紐のような物を持っている。郭に上がった客が、遊びの後に打ち解けて、遊女の着物に戯れに袖を通したといった場面かとも見える。いわゆる稚拙な浮世絵といった体裁の絵なのだが、そんな派手な風体にもかかわらず、男の表情に酔いはなく、目は清げで口元は引き締められている。そののっぺりとしたうわべにもかかわらず、この男は何かしら強く人を惹き付けるものを持っている。古い絵なのだが、描かれた男にもさらには絵全体にも、どこか超現実的でかつ現代的な雰囲気があるのだ。この絵は、以前にも他の著書で見たことがある。その時はモノクロの写真だったのだが、この表紙では絵がカラーで扱われていて、余計にシュールな印象を強くしていた。そして、その印象の源は、この男の不思議さに加えて背景の特殊な構図にあると思われた。画面下方には大きな赤い玉と男の踏んでいる赤い三日月状のものがあって、差し伸べた右手の先には着物の柄と同じ赤い花と、幅の広い紫の帯状のものが描かれている。これは現実の背景ではなく、またデフォルメされた浮世絵の背景でもなく、なにか形而上的なことが一定の約束事に基づいて描かれている。そういう印象なのだ。

長崎県の北部、平戸島の沖合に生月島という島がある。禁教時代の潜伏キリシタンの信仰の形を現代に残す島である。ここでは口伝によって伝えられた祈り、オラショが唱えられる。それは本来のカトリックの祈りとは異なる異形の祈りだが、カトリックのラテン語の祈りが潜伏の間に変化したものと考えられている。そしてキリシタンの潜伏中、オラショは納戸の中のご神体に向かってあげられた。そのご神体のひとつが、このちょんまげ姿の男の掛軸であり、潜伏キリシタンが聖画の約束にのっとって描いた「洗礼者ヨハネ」の聖画である。男は聖ヨハネ、丸い玉は太陽、三日月状のものは月、紫の帯状のものはヨルダン川であり、さらに画面の左手上方、男の視線が向かうところには渦巻く雲に乗った赤い十字架が描かれている。

この生月島の沖には中江ノ島という小島があって、これも世界遺産の構成資産のひとつである。断崖に囲まれたこの島はかつてキリシタンの処刑地であった。岩礁で切り捨てられた信者の首と胴は目の前の海に捨てられ、血の痕跡はすぐに波に洗われた。やがてこの地は信者の聖地となり、潜伏の間、さらには禁教のとけた後も、この島の岩の間からしみ出る水が、洗礼の際の聖水として使われている。

海に血が花と降りしと殉教碑

明彦

14　長崎の鐘

彫像が破損して不完全な形として残されたものには、時として完全であった時の像を越える存在感を示すものがある。ミロのヴィーナスであり、サモトラケのニケである。ミロのヴィーナスは、それが本当にヴィーナス像であるとすれば、左手にはパリスの審判をしめす林檎を持っていて、右手はその残った腕の角度から、膝までずり落ちようとする布を抑えていたと想像される。サモトラケのニケは、現在の像は風に向かって反らした胸と、開いた両方の翼、前後に踏み出した脚で形作られているが、原型はさらに両腕と彫りの深い頭部を持っていたとされる。いずれもいくつかの復元像がつくられていて破損前の完成した姿が推考されているが、その存在感は破損した像に及ばない。それは、破損した像の、細部を失った結果獲得した緊迫感によるものと思われる。「被爆マリア」として有名な浦上天主堂の「木彫寄木造りのマリア像」もまた、そのような像のひとつであろう。

大学に入って数年たった頃、原爆について何にも知らないままこの町で暮らしているのはさすがにおかしいだろうと思って、観光客に混じって原爆資料館を訪ねた。熱線でいびつに曲がったラムネの壜や被爆瓦などの展示があったが、特に胸を衝かれるようなこともなく、観光客の流れに押されるように原爆関連図書コーナーに入った。そこで目に付いたのが永井隆の一連の著作であった。永井隆が、被爆時、長崎医科大学物理的療法科部長であったこと、被爆後に白血病に苦しみながら旺盛な執筆活動を行ったことは知っていたが、その作品を読んだことはなかった。平積みにされた『この子を残して』を手に取って、数ページを読んだところで心を摑まれた。熱いものが突き上げて来て、危うく大勢の人の前で涙を流すところだった。彼の著作を数冊買って下宿で一気に読んだ。心を洗う熱い清らかな流れに陶然となった。熱心なカトリック教徒に突然降りかかった原爆被爆の悲劇、その後の病苦と、残していく子供への愛。ただ不幸と嘆くことなく、自身の信仰を深め、カトリック社会のみならず戦後社会に発言していく姿は、求道者であり聖人のようでもあった。『この子を残して』と『長崎の鐘』はベストセラーになり、『長崎の鐘』の映画と主題歌が大ヒットし、天皇が病床を見舞い、国会がノーベル賞受賞者湯川秀樹とともに表彰すると、永井は長崎の

聖者、日本の聖者となっていったのである。

しかし当時の私にとって、彼のすべてをそのままに受け入れるには無理があった。暫くの心酔のあと、何かが違うという気持ちが澱のように残ったのだ。今思うと、それは著作の中に神以外の他者を感じないという居心地の悪さだったように思う。永井隆の書いたものには熱く清らかな熱狂を感じたが、当時私の身近にあった現代文学とは異質のものだった。被爆の当事者でもクリスチャンでもない、遅れて来た青年の私には、おそらくはそんな違和感があったのだろう。他方、永井の評価が頂点にあった当時から、その著作や発言に対し別の意味で違和感を表明する人々がいた。もちろんその信仰の純粋さ、子の親としての情愛、医師としての被爆者への貢献には異論なく賛辞を捧げるものの、彼の長崎被爆への認識に納得できないものを感じる人々がいたのである。それは永井の以下のような発言に対するものだった。永井は言う、「もし原爆の投下予定地が急遽変更されて長崎になり、軍需工場を狙った原爆が北に逸れて天主堂に流れ落ちたのだとすれば、米軍が浦上を狙ったのではなく、神の摂理によってこの地にもたらされたものと解釈されないこともありますまい。日本唯一の聖地浦上が、犠牲の祭壇に屠られ燃やさるべき潔き子羊として選ばれたのではないでしょう

か」と。永井の原爆に対するストイックで自虐的とも言えるこの見解は、おもにカトリックの同胞に向けられたものだったが、その後の長崎全体の被爆に対する認識や雰囲気に大きな影響を及ぼした。「怒りの広島、祈りの長崎」。被爆した二つの都市は、異なった戦後の歩みを進めるのである。

広島に原爆ドームが残り、長崎の旧浦上天主堂は取り壊された。残された被爆直後の天主堂の写真を見ると、何故これを残さなかったのかと呆然たる思いになる。「これが残っていれば、とりわけキリスト教を信奉する欧米社会に対して、核廃絶を動機づける強い歴史遺産になったのではないか」と、誰しもそう思う。これを残そうという運動は無かったのだろうか。いや、当然あったのである。

戦後間もなくして復興の兆しが見えると、長崎は国際観光都市を目指そうという将来像を描いた。そして、『長崎の鐘』の大ヒットの中で、実際、崩壊した浦上天主堂は観光客を引き付ける重要な観光資源だったのだ。一九四六年九月には長崎市長の諮問機関として「原爆資料保存委員会」が設置され、一九五八年に取り壊されるまで、毎年、九回にわたり「保存すべし」という答申を出し続けた。当時の長崎市長は弁護士の田川務で、五一年から四期十六年間市長を務めているが、就任初期は答申に沿っ

て保存の方針だった。しかし五六年にアメリカのセントポール市から姉妹都市提携の申し出を受けて渡米すると、その滞在期間は一か月という、一地方都市の首長の滞在としては異例の長さになった。そして、その訪米との関連は不明だが、帰国後には天主堂保存に消極的となり、五八年には天主堂残骸の撤去の方針を明らかにすることとなる。この市長の心変わりについては色々な見解がある。勿論、被爆遺構を撤去したいアメリカに籠絡されたのだという見方もある。しかし、浦上天主堂は市の所有資産ではなくカトリック長崎司教区の財産であったから、市の一存でその存廃を決めることは出来なかったし、市財政が窮迫する中、廃墟保存に必要な財源を担保できなかったという見解もある。五四年、浦上主任司祭中島万利氏のもと「浦上天主堂再建委員会」が発足し、五八年一月、委員会は廃墟の撤去方針を表明する。そして新しい天主堂は、浦上の信者の寄付と長崎教区山口愛次郎司教が渡米して集めた資金で、五九年に元の場所に再建された。

旧天主堂は、四番崩れの「旅」から帰ったあと、信徒が身を削るようにして作ったレンガ作りの天主堂だった。敷地は旧庄屋屋敷跡で、ここではかつて絵踏みが行われ、信仰の露見した信者は処刑された。信徒にとっては、信仰の歴史を象徴するかけがえ

のない場所だった。三十年の建設期間を経て、一九二五年に完成し、信仰を歌い上げる喜びの日を迎えたのだったが、それから僅か二十年後、この「神の家」は同じキリスト教徒の国アメリカの原爆投下により破壊される。浦上の信者の中には、この受難のことを浦上五番崩れと呼ぶ人がいる。当時の浦上信徒一万二千人のうち八千五百人が爆死し、その後も原爆症と家族を失った孤独、社会の差別などを苦に多くの人が自死に追い込まれている。生き残った浦上信徒にとって、復興する新浦上天主堂の建設場所は旧天主堂の跡地以外になかったのかもしれない。さらには、永井隆が醸成した求道的な贖罪の意識が、廃墟撤去への流れを作った一因となったのかもしれない。

頭部だけが残った「被爆マリア」は、今、浦上天主堂の祭壇に、穿たれた眼窩を中空に向けて安置されている。体を失った像はより存在感を増して、原爆の炸裂した時空を見上げている。

神曲を読まねばならぬ七竈《ななかまど》

明彦

15　ポインセチア

東京での研究生活を終えると長崎の臨床の教室に復帰したが、臨床では先端の研究をやる機会も環境もあるはずがなく、しだいに物足りない気持ちが昂じてきた。それは純文学をやっていた青年が大衆小説を書くような、そんな物足りなさに似ていたとも言えるかもしれない。今でこそ藤沢周平が好きで、昔のポップスの歌詞が懐かしく思い出される歳になったが、当時はまだ先鋭的で刺激的な場に身を置いておきたいという気持ちが強かったのである。それで、多田富雄先生に頼んで、一九八五年、ワシントン郊外にある米国国立衛生研究所（ＮＩＨ）に免疫学の研究のために留学した。しかし行ってはみたものの、英語もうまく話せないし、年二万ドル程度の安月給では、幼い子供たちを抱えての生活はなかなか厳しかった。研究内容もすでに明らかになりつつあることの後追いをするような課題が多くて、大きなブレークスルーは期待できなかった。しかし本当の問題は私自身にあった。いつしか、身の熱くなるような科学

への興味を失いかけていたのだ。帰国後の生活へ向けて、小さくてもいいから研究の成果を論文にしたいと、自分の柄を萎縮させていた。成果を求めれば求めるほど心も発想も小さくなって、日々の研究が色褪せたつまらないものになっていった。大型の米国車でも買って少し破天荒な暮らしでもすれば、発想も大きくなり、目の前の結果には一喜一憂しない本来あるべき研究が出来たのかもしれないが、島国生まれのつましい根性の悲しさで、当時アメリカに進出し始めていた安い韓国車を買って、身の丈に合った小さな生活を送っていたのだった。

朝は早い時間にラボに向かい、制服がはち切れそうな尻のでっかい研究所のポリスにハイと声をかけて研究棟に入る。天井の高い殺風景なホールから配管も露わな渡り廊下を通って踊り場に出て、手入れの悪いエレベーターで6Fの研究室に入る。まだひとけのない実験室の孵卵器から細胞を取り出し、フードに向かって小さな仕事を始めるのである。昼は地下のカフェテリアでランチをとるが、日本人は一角にかたまって席をとるのでなんとなく薄暗く孤立している。この頃、研究所では全館を禁煙にする方針が決まって、禁煙のできていなかった我々は、仕事の合間、寒い日には零下に冷え込む屋外で慌ただしく煙草を吸わなければならなかった。夕方遅く研究室を出る

と、世界初でも何でもないデータを抱えて、ポリスにバイと声をかけてアパートに帰る。アパートには日本人の世帯が寄り集まって暮らしていて、同じような小さな生活の明りが灯されている。そんなはかばかしくないアメリカでの生活も終わりに近づき、研究の先行きにも芳しくない結論が見えてきて、日本に帰ったらどう暮らそうかと思いを巡らしながら師走を迎えた。

この季節の東部アメリカは厳しい寒さが時折襲うが、町中の街路樹が小さな電球でライティングされていて、どこかうきうきとした気分に満ちている。ショッピングモールの雑貨コーナーには贈り物用の洒落た小物が溢れていて、それをポプリの香りが包んでいた。日ごろ殺風景な研究所でも同じだった。ある朝、研究所に行くと、昨夜のうちに吹き抜けのホールに大きなツリーが持ち込まれ、シンプルだがそれだけに品のよい飾りつけが施されていた。そして玄関からツリーへ到るアプローチには、その両脇に、まるで降って湧いたかのように、豊かなポインセチアの鉢が並べられていたのだった。思いがけない光景に胸が詰まると、涙に視界が滲むのをこらえきれなかった。私にとって、ポインセチアは、心の持ちようでは日々もたらされたであろうはずの、科学する喜びのように感じられた。

ポインセチアの捨てどころなく歳暮るる

明彦

16　昴

昔、「昴」という歌が大ヒットした。酔っぱらうと、おやじたちは「昴」を歌い、浄化した自分の青春をあたかも汚れのない血液のように、架空の、青々とした柔軟な血管に弾ませた。いったん熱い心を得れば、まるで瑕疵のない青春と無垢な血管を取り戻せるかのように、強い酒で直線的に酔った。そう、「昴」は、かつて身に着けていたはずの、少なくとも身近にあったはずの若さと純粋と、清貧と連帯の象徴の星団だったのだ。

男の子を持つ親は、男の子が大学に入ったとき、別れの時が来たのだと了解する。かつて自分がそうであったように、子は新しい町に馴染み、新しい群れを作り、安酒をあおりながら理想を語り、剝き出しの肩をぶつけ合って赤い血を流すのだ。そして、蹉跌を重ねながら、やがてはそれなりの静かな分別をもって、身の丈に合った人生を

選んで行く。かつて特別な存在であったものが特別なものではなくなり、選ばれた者であったものがそうではなくなる。そんな悲しい分別を、男の子は親の目の届かなくなったところで身に付けていく。そして、つつましい家庭を作っては、またぞろ愛おしくも悲しい男の子を育んでいくことになる。いつか来た道は歩ませたくない道ではあるが、かと言って親の手の届かない子供だけの道には違いない。子の育んだ理想は、つないだ連帯は、そして彼らの昴は、彼らにとってもすでに遠いものなのかもしれない。しかしその星の淡い光は、親にとっては遠いけれども消えることのない、芯の疼きのようにまたたいている自らの昴と重なり合う光なのだ。

年末になると、例年、回顧的に、淀号ハイジャック事件や赤軍派の事件などがドキュメンタリー・ドラマとして放映される。お叱りを憚らずに言えば、彼らの行為は彼らの見上げる昴のもとに行われた。それらは痛ましくも悲しい、またある意味では純粋で非現実的な行為ではあったが、当時の若者は、自分からはるかに遠い行いだとは感じていなかった。

昴は肉眼では六つの星よりなる星団である。

昔は数えられたが、視力の落ちた今は、ぼんやりと光る星屑のように見える。

しかし息子には確かに六個の星の集まりとして見えるという。それではと私も、もう一度目を凝らしてみる。

私の人生は私の昴の下にあり、子供の人生は、親には手の届かない子供自身の昴の下にある。親は、彼の喜びも挫折も、そしてその人生の全体を、良しとして受け入れていくほかはない。

「冬の星座」より
ほのぼの明かりて流るる銀河
オリオン舞い立ち
すばるはさざめく
無窮をゆびさす北斗の針と
きらめきゆれつつ星座はめぐる
（堀内敬三訳詞）

子と見入る昴の細部十二月

明彦

17　雑煮

「今年はどこのお節にする」と妻が聞く。「どこでもいいよ。まかせる」と私が答えて、大晦日には地元の料理屋かホテルのお節が届けられる。このところの年末はこんな調子だが、以前は自宅でお節を作った。母が長崎の旧市街の出だったので、私の家では戦前の長崎の商家風の正月料理が基本だった。妻は産婦人科医で年が押し詰まるまで仕事をしていたが、年末の休みに入ると母と二人でお節を作った。昔の物に比べれば簡略化したり新しいメニューを加えたりしていたのだろうが、それでも数日がかりの手のかかる準備だった。当時の彼女の料理メモを見てみると、お重は四段。一段目は祝肴で黒豆、田作り、数の子、二の重はきんとん、錦卵、松葉銀杏、伊達巻、かまぼこ、磯巻きほうれん草、三の重には煮物、昆布巻など、そして四段目には水引膾、紅さしの南蛮漬け、酢蓮などの酢の物と書いている。二十九日には水に漬けておいた黒豆と十六寸を煮始めて、紅さしという鮎ほどの大きさの魚を一夜干しする。三十日

にはきんとん、酢蓮、酢蕪を作り、干して紅色の強まった紅さしを素揚げにして南蛮漬けにし、煮物を作り始める。ノートの煮物の項を見てみると、出し汁に調味料を加えてまず焼豆腐を煮る。次に蓮根、牛蒡を煮、次に大根、人参、里芋、慈姑、最後に蒟蒻を煮るが、それぞれの具材が混じり合わないようにと書いている。注連飾りや魚、鯨、海鼠などの生ものの買い出しは亭主の担当で、子守がてらに子連れで出かける。三十一日には寒天や淡雪を作り、煮物の仕上げ、雑煮の具の下ごしらえ、年越し蕎麦の準備をして屠蘇を作る。屠蘇は酒に氷砂糖を加え、溶けたところに屠蘇袋を浸す。

元日の朝は、鰤を刺身に引き、鯨を切り、大村湾の青海鼠を薄切りにして海鼠腸を添え、雑煮を作る。内海の大村湾の海鼠は、弾力があって柔らかく、長崎市民に愛されている。長崎の雑煮はおそらく全国でも最も具沢山の雑煮のひとつだろう。出汁は昆布と鰹出汁。具は丸餅、大根、人参、里芋（小）、慈姑、唐人菜、渦巻かまぼこ、昆布巻かまぼこ、戻した干し椎茸、鶏肉、塩じめの鰤。大振りの漆椀に二番出汁であらかじめ下処理をした具材を盛るが、漆椀にまず亀甲切りにした大根を敷き、その上に焼いた丸餅を乗せる。つぎに野菜とかまぼこ、鶏肉を盛りつけ、最後に鰤の厚切りを乗せて一番出汁を張る。これが長崎雑煮の古典的な形である。唐人菜というのは長

崎地方で栽培される白菜に似た小振りの菜で、正月にしかお目に掛からない。鰤は年末に塩じめにしたものを大晦日に塩抜きし、二番出汁で煮て使う。細かいところは各家庭でいろいろと違いがあるようで、私の家では、出汁は焼あご（飛魚）と椎茸の戻し汁、鰤の生臭さを嫌って代わりに有頭の海老を使っている。

私は長崎で診療所をやっていて、通ってくる患者のほとんどが老人だが、その中に九十歳間近の小柄な女性がいて、三年ほど前に亭主を亡くした。今は通院にも付き添いを要する状態ですっかり精気を失っているが、話の接ぎ穂に雑煮の出汁のことを聞いてみると、身を乗り出して「出汁は花がつおと腸を除いた炒り子でとります。いい出汁が出て、主人がとっても好きだった」と言う。その時の眼は、ご亭主と一緒に通院してきていた頃の輝きを取り戻していた。元気なころには喧嘩の多い夫婦だったが、社交ダンスを踊った背の高い亭主が少し自慢で、それはそれでやっぱり釣り合いのとれた夫婦だった。彼女は、長年、亭主の好きな出汁で雑煮を作り、私の妻は沖縄から嫁いできて我が家の長崎雑煮を作っている。つくづく、男と女、その縁と絆は不思議なものだと思う。

大将と呼ばれて鯇《あら》の腸《わた》も買ふ

明彦

18　マンボウ

　或る日、病棟のエレベーターの扉が開くと、黒いコートを着た老人が降りてきた。中折れ帽にステッキをつき、歩くたびに少し右に傾ぎながら近づいてくる。医師になって間のない頃で、薄給ながらも給料を貰って生活を始めていた私だったが、学生時代に作った飲み屋の付けが残っていた。おおらかな時代で、出世払いということで卒業までは待っていてくれたのだが、あまりのご無沙汰にしびれを切らして、女将から督促の電話が掛かっていた。「そのうち寄るよ」などと言って放っておいたが、今日、受け取りに人を寄越すと言う。この男は女将が寄越した付け取りだったのだ。手伝いの子でも来るのかと思っていたら、歓楽街の裏側に長年居るような男で少し威圧感があった。この件以来、興醒めなのと忙しいのもあって、飲み屋街からは遠ざかることになった。この頃は、読書の方も、重たい長編小説や思想書を時間をかけて読むのが億劫になっていて、中間小説や随筆、中でも北杜夫のドクトル・マンボウのシリーズ

などが格好の読み物だった。

　北杜夫は斎藤茂吉の次男で、精神科医兼小説家。『楡家の人々』のような重厚なものから「マンボウ」のような軽いものまで幅広く洒脱に書いて、時代や世相を超越した自由人といった印象で人気があった。代表作の『ドクトル・マンボウ航海記』は、自身の船医の経験をもとに書いたものだが、マンボウという魚の、尾の切れたような特異な姿と大洋を寝そべるように漂う暮らしの在りようが、彼のとぼけた人となりと、船医という世情を離れた在りようにマッチしてひときわ人気があった。彼は文部省の練習船「照洋丸」の船医としてシンガポール、スエズを経てヨーロッパまで数か月をかけて旅したのだが、「航海記」の中では、時にチャップリンのように愉快に振る舞い、時に「露人ワシコフ」のように激高して過ごした。その様子はきわめて脳天気に見えるのだが、しかし本質はガラス細工のように繊細で、いつ弾け散るかも知れないという危うさも感じさせた。実際、彼は躁鬱気質の人で、作品の幅やぶれはその気質に起因していたと思われる。「マンボウ」にしても、気楽な読み物に見えてその饒舌には隠しようのない緊張感があり、読んでいるうちに次第に息苦しくなってくる。そして、その嘘とも本当ともつかない博覧強記ぶりに幻惑されているうちに、いつしか

マンボウ・ワールドに引き込まれてしまうことになるのだった。

内科に入局して数年たったころ、長崎大学水産学部の練習船「鶴洋丸」の船医として一航海乗ってくれないかという話があって、私はダボハゼが餌に食いつくようにたちまち飛びついた。私の子供の頃の愛読書は、『十五少年漂流記』や『スイスのロビンソン』といった漂流もので、航海と漂流と創意溢れる自給自足の生活には憧れがあった。「ドクトル・マンボウのように愉快な船旅をして、途中、南太平洋を漂流して無人の小島に漂着する。流木で作った椅子に座って、日がな海と空を眺め、夜には流木を焚いて満天の星や銀河を眺める」などという妄想に薄笑いを浮かべながら、出航までのふわふわとした時を過ごしたのだった。薪に火を付けるのには、当時煙草を吸っていた私にはジッポーのライターがあったし、飲み水はどうするのかというようなことは思うだに枝葉末節な話で、これは鼻息で一蹴した。

一方で、怠惰な生活に陥りやすい私は、この頃、病院の生活にもすっかり慣れて緩んでいた気持ちを、もう一度引き締め直す必要性を感じていた。この航海は、内科学書を一から読み直すのに格好の機会だと、いかにも費えやすい迂遠な目標を密かに持

ったのだった。

面白くもない教科書をきちんと読むには、船での数か月間の自由な閉塞環境という矛盾した時間と空間は願ってもないものだった。それで、枕ほども厚みのある「セシル内科学書」の原著を右脇に、そしてオックスフォード英英辞典を左脇に、勇躍「鶴洋丸」に乗り込んで、船医室の机にその内科書と辞書を据えたのだった。

「マンボウ」は三等航海士と相部屋だったが、私は幸いにも診療室を兼ねた個室を与えられ、さらには六ベッドほどの入院室も管理下に置いて、千トンほどの船の中では破格のスペースを得て、二か月ほどの船医生活を始めた。しかし、長崎を出港して鹿児島沖にいたる頃、予想外というか案の定というか、ひどい船酔いに襲われ、逃げ出したいのに逃げるところのない拘禁状況に意気消沈して、飯も食えずに一人ベッドで過ごす情けない羽目となった。何せ乗組員と実習の学生たちは、日頃の近海の訓練で船の揺れにも閉塞状態にも慣れている。特に漁業実習の指導者として乗り込んでいたクルーは、大船渡の鰹巻き網漁船の船頭とその配下で、外洋の揺れなどは物ともするものではなかった。船医の医療を必要としているのは、船医である私ただ一人だったのである。そんな私も、三日もすると揺れにも慣れて、生活するには支障のない状

態になったが、本はいけない。特に英語の細かい字などは、数分も読んでいるとむっと吐き気がこみ上げてくる。私は早々に迂遠な目標を断念し、読む本はベッドに横になって上に掲げて読める程度のもの、つまりは薄手の文庫本に限ることにしたのだった。

船の生活で階級というのは厳格なもので、士官は士官用の食堂で食事をする。十人ほどが囲むテーブルで、船長をはじめ航海士や機関長は決まった席につき、司厨部の給仕で定時に三食をとるのである。一般の乗組員や学生は、別の食堂で三交代制の仕事の間に食事をとる。風呂は潮湯で、これも士官と乗組員では分けられている。私は昼間っから風呂に入り、夜は夜勤のワッチに付き合って月光の映える海を眺めて「歌を忘れたカナリア」などを歌い、朝は甲板に打ち上げられたトビウオの味噌汁を食べたりして、無用なお客さんの役割に徹することとなった。

赤道を越え、南太平洋に到って、初めて見た陸地はガダルカナルだった。久しぶりに見る陸地に熱い感懐が込みあげてくるものと思ったが、意外にも海から立ち上がる島影は異様で暗い印象のものだった。ソロモン諸島の首都ホニアラに入港してパーティーでスネークダンスを踊り、フィジーのスバで厚生労働大臣に五分ほど謁見し、当

時「天国に一番近い島」として有名になったニューカレドニアのヌメアで、知り合いになった歯科医のとっ散らかった住まいに招かれた。内科書も読まず、『マンボウ』のような航海記も書かずに航海を終えることになったが、やぶ医者の私が船医として活躍する緊迫した場面がなかったことが、私にとってもクルーにとっても幸せなことだった。

北杜夫の父の斎藤茂吉は、大正六年、長崎医科大学に精神科教授として赴任している。当時、私の母方祖父は医大の内科に勤めていて多少の接触があったらしい。母は自分の瑠璃子という名が気に入っていて、これは斎藤茂吉に付けてもらった名前らしいと言って鼻腔を膨らませていたが、名付け親になってくれるほどの深い付き合いがあったはずもなく、やがて自分の妄想癖を慎んで茂吉のことは言わなくなった。

口髭を残してみたり春ごこち

明彦

19　薔薇

私は、庭に一本の薔薇を飼っている。

白の蔓薔薇で仲春から晩春にかけて咲く。植えたのは十五年も前だろう。ほとんど手入れもしないので、薔薇が罹るであろうあらゆる病気に罹って、いつも息絶え絶えなのだが、毎年何とか花をつけてきた。昨年、庭の柵を塗り替えた時に生垣の手入れもしたので、今年はいつもより元気なようだが、それにしても例年、花が咲き終わるころに黒点病で葉も落ちてしまうので、今年も先行きは予断をゆるさない。そろそろ処分してやらないとこの薔薇も可哀そうだと思う。しかし滅びに耐えているせいだろうか、そのオーソドックスな矩形の花は、大振りで、肌理細やかで、馥郁とした香はたとえようもない。切るに切れなくてここまで来た。そんな死病を抱えた妖婦のような薔薇を、私は庭に飼っている。

私は毎年一篇の詩を書いてきた。ある詩の賞に応募するためだが、だめだと思っていた詩が不思議なことに毎年入選してきた。受賞を期待する気持ちはもちろんあるのだが、それよりも詩を書くための知力や感受性が、知らず知らずのうちに損なわれていやしないかと不安になって、客観的な評価を求めて毎年応募してきたのだった。能力の衰えに気付かないまま創作を続けるのは辛い。最初に応募したのがこの薔薇に関する詩だったので、落選したら詩を書くのをやめて薔薇も切ろうと思ってきた。案の定、私の詩は年ごとに弱り、昨年はついに入選が途絶えた。

しかし、薔薇は、今年は元気そうなのだ。

私の詩性の衰えと機を一にして滅びつつあると思っていた薔薇が、今年は元気そうだ。

この薔薇のお蔭で、私は数年前に詩集を刊行した。冥途の土産といった程度のもので、本格的な詩集からは程遠いレベルなのだが、ともかくも詩集を物して屋根裏の書棚の一員に加えることが出来た。そしてこれに味を占めて、後に句集を作ることに繋がった。彼女は十分に私に尽くしてくれた。もう終わりにしてよい頃合いだと思う。だけど彼女は、そんな私の在りようや思惑とは関係なく、今年は元気そうなのだ。

そもそも彼女は私とは関わりなく生きている。

正確に言えば、私の杜撰な手入れで損なわれた生を、彼女はけなげに生きてきた。ふさわしい環境であれば、鉄のアーチを這い上り、家を暗くするほどに壁を埋めて繁茂したであろう盛んな生を、随分と損なわれて生きてきたのだ。そして、施した僅かな手入れで、私の衰えとは無関係に、今、本来の命の力を取り戻そうとしている。

もとより勘違いなのだ、この薔薇の生を私の生と関連づけるのは。

私にはこの種の勘違いが多すぎる。もともと詩などというものはそんな勘違いに根ざしているのだが、その非論理性を勢いに任せて乱暴に乗り越えようとすると、出来あがった詩なるものは全く陳腐だ。肩越しに間違った起点を振り返りながら、それを止むを得ないものとして前にしなやかに跳び、正体の知れぬようにその柔らかな肉球で無音のうちに着地しなければならない。詩とはそんなものではないのか。前に向かって生き始めた薔薇は、肩越しに私を振り返って、そう言おうとしているようだ。

薔薇

漆喰の一片一片を鏝で重ねたような
大輪の白薔薇
矩形の花びらの影を
花びらに落として
花芯へと収束する急な螺旋をのぞかせている

ただ鏝先をきかせて
浅く反った花弁の先と　その深い腹を
息を詰めて塗り上げることに耽溺した
そのひと時ひと時の果てに

囲い始めた花芯のことを忘れてしまった

花弁のすその臙脂の染みが
囲った内湖の色だとしても
それが豊穣の湖なのかどうか
囲ってきた花弁の螺旋を
自ら内側へ辿った旅人が帰って来ないのでは
判りようがない

溢れ出る香りにしても
芳香ではあってても芳醇とは言い切れない
むしろ不稔の　永遠という虚空の匂い
人っ子一人いない
カストラートの声満ちた
未完のラビリンスの匂いだとも思う

漆喰をすっかり重ね終わった薔薇の
臙脂の点がはだらとなる成熟の一瞬を
内湖へ向って旅立つことを恐れないとしても
花弁の螺旋を下り始めた途端
遠く静かにせり上がってくる
瀝青の流れに
四肢を捕われた生白い旅人たちを
見ることになる

20　庭木

上田駅温泉口のロータリーより南西へ道を辿ると、ほどなく千曲川に到る。

長崎には大きな川がないので、上田に来ると千曲川を見るのが楽しみだ。俳句結社「梟」の大会に参加するために少し早めに上田に着いた私は、今回も早速、千曲川を見に出かけた。道を突き当たって堤防を越えると、河原に下りる幅の広い石段がある。まだ草刈りをして間がないのだろう、河原は刈草が青臭く匂っていた。河原の水際には高さ十メートルを超える樹がほぼ等間隔に並んでいて木陰を作っている。ふわふわと弾む草を踏んで木陰に入ると、川風が心地よく瀬音も涼しい。折よく投網を打っている人がいたので木陰の石に坐って小一時間ほどそれを眺めていた。翌日句友に聞くと、河原の木はニセアカシアらしい。もう花の時期を過ぎていたのだろうか、その匂いにまったく気が付かなかった。

私は樹木が好きで、里山に住んで落葉樹の雑木林を作ってみたいと夢見ていた。そんな途方もない夢は実現する筈もなかったのだが、狭い庭を作るときに色々と庭木のことを調べた。図鑑の写真を見て木を選び、造園業者に設計図を渡して、何かしらふくむところのありそうな庭師の態度を無視して好きなように庭を作った。このあたりの軽率さと熱狂性が、私が事に当たって失敗をするいつものパターンだ。出来た庭は敷石で分断されて排水が悪く、庭木は満天星《どうだん》、錦木、夏椿、木斛《もっこく》と次々に枯れた。それではと庭の真ん中に欅を植えたが、欅は程なく鬱蒼と茂って、両手が回らなくなるほど幹が太くなるころには、庭には風も通らず陽も射さなくなった。そして木造の家は蛞蝓に取り付かれることになったのである。欅なんて狭い庭には向かない。庭師には結末が分かっていたのだろうが、鼻っ柱の強い素人に抗って意見しても仕方がないと思ったのであろう。日差しを得るために枝を打ち払われた欅は、新しく枝がモヤシのように生えて、枝垂れ柳のような無残な姿になった。始末に困った私は、結局、造園業者に頼んでこの欅を引き取ってもらった。子供たちが仰ぎ見た木だった。毎年夏には蟬が羽化して、親子で終日その様子を眺めていた。欅のなくなった庭を子供たちは悲しがった。新しい家を作るときにも懲りずに自分勝手に庭を作った。基本的に人

間は成長しない。未熟な者は死ぬまで成熟しない。それが私の意見だ。新しい庭でも木々は枯れた。冬青《そよご》と姫しゃらと馬酔木が、夏の強い日差しと、潮風と散水不足で枯れてしまった。これらの木々は、他の木々が作る適当な日陰の中で、たまに立ち込める柔らかな霧に包まれて密やかに育つ。荒ぶる環境に曝してはいけないのだ。さらに今年は、春先からピータンの壺に飼っていた金魚が立て続けに四匹死んだ。歳を取ると不幸はつくづく身にこたえる。

千曲川の河原を後にして、グーグル・ナビの指示に従って国道141号線を渡り、上田カトリック教会の前を通って鷹匠町に向かった。インターネットで調べた信州そばの店「刀屋」で早めの昼を取るためだった。汗を拭きふき相席の卓についても蕎麦を頼んだが、「大盛り」の声に店の女性が「まずは普通盛りにしませんか、足りなかったら足しますので」という。しかし二度と来ないかもしれないと思って大盛りを注文し、ビールの小瓶も取った。親切な忠告には従うべきなのだ。我を張って注文したその蕎麦の盛りのすごかったこと。大会を前にすっかり腹いっぱいになってしまった。店を出ると、暖簾の脇の葦簀の陰に大きな陶器の鉢があって、中では金魚が涼しげに泳いでいた。

水替へに金魚摑まるところなし

明彦

21　リフォーム

ある夏の日、大村湾の小浦の突堤で釣りをしていたことがある。大村湾は地図で見ると湖のようだが、その北端は外海に開いていて汽水でもなく海である。氷河期には大きな盆地で、九千年ほど前に海になったらしい。浅い海で大した釣果も期待できないのだけれど、子供を遊ばせるには安全で手頃な場所だった。そこに六十台と思しき夫婦と一匹のラブラドール・レトリバーがやってきて、何の躊躇もなくさわさわと海に入った。そして、僅かに揉みしだく夏潮に揺られながら、時には潜り、波に漂って、半時ほど遊んだ。夫婦の肌もラブラドールの体も、潮と夕陽になじんで海獣のようにしなやかだった。生きることの伸びやかさ、大袈裟に言えば命の自由のようなものが彼らに満ちていた。人間であるとか犬であるとかということを越えて、しなやかな命が夏潮にうねった。くよくよと生きることはないのだ。きちんきちんと暮らすこともない。腹が減れば食い、海があれば泳ぎ、夜になれば眠る。それでいい。そう考えな

がらも、明日からの相も変わらぬ不自由な暮らしを思い、彼らの去った海にしばらくは釣り糸を垂れていた。

そんな日々の中で、芭蕉先生ではないがいよいよ「漂泊の思いやまず」、旅に出たいという気持ちが募ってきた。何とか休みをとる手立てはないだろうか。それも周囲に迷惑をかけず、みんなが止むを得ないと思う理由で休みたい。そこで思いついたのが院内の改装だった。開院以来二十年を経て院内も薄汚れてきている。ペンキを塗り直してきれいにするということであれば、誰に気兼ねすることもなく休める。あまりの名案に赤く手の型が付くほどに強く膝を打った。東北に行きたかった。特に白神山地に分け入ってみたかった。早速改装の段取りを整え、旅程を決めた。行き当たりばったりに旅をするのが目的だったはずなのに、性分もあって、いつしか鉄道ミステリーのような詳細な予定表となった。出発するまで書類の整理やペンキの色決めなどを、慌ただしく、しかし機嫌よく済ませて、九月のシルバーウィークに旅に出た。まず羽田を経由して空路青森に入り、弘前でレンタカーを借りて、岩木山を右手に見ながら林檎畑の広がる津軽平野を走り、暗門のビジターセンターを起点にぶな林と滝を巡った。マタギの温泉宿に泊まり、予約していた民謡酒場でじょんがら節を聴きながら地

酒も呑んだ。メニューにこんこんという珍しい肴を見つけて勇んで頼んでみたら、ただの薄揚げの炙ったものだったということもあったが、それはそれで面白かった。弘前から角館、田沢湖と回り、山寺から最上川へと芭蕉の足跡をたどった。旅の最後は鶴岡で、月山に登ってみたかったが時間がなく、予定を変更して、もうひとつ是非訪ねてみたいと思っていた加茂水族館へ向った。この水族館はクラゲの展示が有名で、以前にテレビ番組で紹介されていた。実際に訪ねてみると、クラゲの展示は美しく、水流に乗って互いに同調して動く幾百のミズクラゲの姿は幻想的で、圧倒的で、まるで心有るものの集団のように見えた。そして、その悠然と翻りながら時空を漂うように泳ぐ姿は、あの海の老夫婦とラブラドールの姿を思い出させた。

長崎に帰って診療所に行ってみると、院内の塗装は予定通り終っていた。休診明けに、確かに壁を塗り替えたのだなとみんなに納得してもらうために、思い切って腰壁の見切りや窓枠、ドア枠を蘇芳色に近い赤と指定して旅に出たのだった。果たして、造作の枠や縁は歌舞伎役者の眼の隈取のように赤く、そして化粧室は、企みの不純な動機を責めるように、顔が赭らんで見えるほどの赤に満ちていた。

風と往くわけにもゆかず青瓢

明彦

22　あ窯

花月には、中国風の部屋がある。床《ゆか》に瓦を敷きつめ、天井、窓、飾燈、調度品のすべてが中国風で、テーブルと椅子がおかれている。

竜馬と桂は、そこにすわった。例によって芸妓はお元がよばれ、酒間を周旋したが、両人のはなしがはじまると、庭に出た。彼女は彼女なりに、不意の闖入者《ちんにゅうしゃ》を警戒するつもりであった。

「坂本君、あまり飲むな」

と、桂はいった。桂は杯を置いたまま、一滴も飲んでいなかった。いざというときの用心のためであった。

司馬遼太郎、『竜馬がゆく』の一節である。

「花月」は現在の「料亭花月」、江戸の吉原、京都の島原とともに日本の三大遊郭と

呼ばれた長崎の丸山にある。当初は一六四二年創業の遊女屋「引田屋」の庭園内に茶屋として造られたが、大正末に引田屋が廃業したのちは、その建物の一部と元禄期の庭を引き継いで「料亭花月」として残されて現在に至っている。

幕末には全国各藩の藩士や浪士、倒幕の志士や外国の商人たちが長崎に集まり、それぞれの思惑をもって茶屋「花月」で酒席を共にした。その頃供された料理がどのようなものであったか詳しくは分からないが、長崎では、一六〇〇年代からオランダや中国との交わりの中でその食文化も持ち込まれ、和食と融合した卓袱料理が食べられるようになる。それが、一八〇〇年頃から料亭が発達するようになって、しだいに一定の形式を持ったコース料理として洗練されていく。卓袱とはテーブルのことで、卓袱料理は、それがたとえ格式のある料亭でも、丸テーブルを囲んで、鉢や皿に盛り合わせて出された料理をそれぞれが取り分けて食べる。幕末の食い詰め浪人が贅沢な食事をしたとは考えられないが、卓袱を食べたとすれば、この形式は身分の隔てを越えて論談するのに都合のいいものだったかもしれない。

現在、卓袱料理は料亭や料理屋で食べるものになっているが、つい最近まで、晴れの日などに仕出し料理屋が一般家庭に器や調理器具を持ちこんで調理した。大きな料

亭も最初は仕出しの卓袱屋としてスタートしたところが多いという。料亭での卓袱料理は、席に着くと、最初に胸鰭の付いた鯛の切り身と小餅の吸い物がだされる。これを「お鰭」と言う。料亭の女将である「おかっつぁま」が、まず「お鰭をどうぞ」という挨拶をし、皆でそれを静かに食べ終わってはじめて酒が出されて宴会が始まるのだ。席によっては長崎検番から芸者がやってきて、酌をしたり「長崎ぶらぶら節」などの民謡を披露する。客は、鉢や皿に盛られた和、洋、中華の要素が綯交ぜになった料理を、自分で取ったり、あるいは仲居に取り分けて貰って食べ、締めくくりには梅椀という甘さを控えた上品な汁粉をいただく。器も多彩で、「お鰭」は漆椀、皿や鉢は有田の色絵の物が多いが幕末の頃は主に白地染付けの器だった。勿論、有田や平戸のものもあったが、地元の長崎の窯でも上質の磁器が焼かれた。その代表的なものが、江戸末期に僅か五十年ほど存在した亀山焼だ。

亀山焼は一八〇四年に長崎村伊良林郷垣根山（亀山）に開かれた窯で、出島に出入りするオランダ人のために大量の水瓶を焼成するのが目的だった。ちなみに竜馬の亀山社中は亀山焼窯元所有の家屋を借りて設立されたという。その最盛期には、卓袱料理に使う大鉢、中鉢、小菜皿、中菜皿、丼、とんすい（れんげの類）、酒器、飯碗な

ど、家庭仕様の庶民的なものから料亭仕様の高級品まで幅広く作った。長崎奉行所の肝いりで開かれた窯だったので、高級なものでは、天草の陶石と中国製の最高品質の呉須が使われている。幕末、江戸幕府の衰退によって奉行所の支えを失った亀山焼は窯を閉じることとなったが、最盛期の物は現代的で垢抜けていて、収集家の垂涎の的になっている。

ところで、「あ窯」である。

私には骨董趣味はないが、焼物は大好きだ。有田や伊万里、唐津に波佐見、三河内などなど、陶器市が開かれれば度々出かける。実は、勤務医をやめて開業するとき、私には密かな目論見があった。「医業は家族が養える程度にそこそこやっていければそれでよし。基礎医学などを長くやっていた私より腕の立つ医者はいくらでもいるのだから、しゃかりきにやらなくても食えればよい。そんな事より、せっかく自由になるのだから、自分にあるかもしれない創造の能力を、いろんな方面で悠々と試してみよう。文芸もやろう。そして作陶も……」と、間違いの種が雪だるまを作るように不穏な夢が膨らんだのだった。さらに間違いに拍車をかけたのは私の性癖である。元来、

物事を始めるにあたって、私には、師匠について一から物事を学び、手が上がるまではひたすらその指導に従うという真っ当な心根が欠けている。少し出来るようになると、自分の思いのままに、好きなようにやっていきたいという気持ちが頭をもたげてくるのである。作陶においてもそうだ。まずはある先生を紹介されてしばらく通ったが、すぐに自前の陶房を持って好きなものを作りたいと思い始めた。作陶では「湯呑百個」と言って、轆轤の手が決まるまでひたすら湯呑茶碗を挽いて修行に努めるのが常だが、そこの辛抱が私には足りない。新興住宅街にある自宅を改装し、庭をつぶして工作室と窯場を作った。窯はガス窯で、二畳ほどのスペースに収まる小さな窯だったが、土間は赤土と藁を叩き占める旧来のたたきの仕様で作り、電動とはいえ轆轤を据えて、新窯「あ窯」を立ち上げた。本当はもっと洗練された窯の名前にするつもりだったが、何しろ作品が瞬く間にたくさん出来て、早く焼いてみたいものだからとりあえず「あ」と銘を打ってスタートしたのだった。日用食器は揃いのつもりで作っても、ひとつひとつ形が違うものだから重ねられない。収納に場所を取って家人に頗る評判が悪い。それではと一抱えもある鉢や壺を作るのだが、小さい窯では火むらがあって、焼成するのに無理がある。それでも何とか地方の展覧会に出品する程度のもの

は作れるようになったが、やがて急ごしらえの陶房は雨漏りがするようになり、庭に並べたプロパンガスの大きなボンベが住宅街に不穏な雰囲気を醸し出すようになって、開窯後数年で廃窯することとなった。今、窯跡は、再び改装して妻と息子のための音楽室になっている。

花月には資料館の「集古館」があって、竜馬直筆の手紙や、頼山陽の篆刻、亀山焼の磁器や『長崎ぶらぶら節』(なかにし礼著) で有名になった名妓「愛八」の写真など、花月にまつわる歴史的な品々が展示されている。さらに二階の座敷には竜馬が酔って切りつけた床柱の刀傷というのが残っていて、希望すれば見せてくれるが、これは史実ではないと承知の上で、仲居も紹介をし、客も皆々、感心して承る。

七福の軸と女将と鯛の汁

明彦

23　クラタアキヒコ氏

　ある日曜日の午後、一本の電話がかかってきた。表示された電話番号に心当たりがなかったので、休みの日によくかかってくるマンション購入の誘いか何かだろうとすこし身構えて電話に出た。すると、ややしゃがれた野太い男の声で、「倉田さんのお宅でしょうか」と言う。「そうですが」と応えると、「倉田明彦さんはいらっしゃいますか」と聞く。やっぱり勧誘かと思って、そっけない口調で「私ですが」と続けると、「えっ、ご本人ですか」と、驚いたように聞いてきた。倉田明彦に電話してきて倉田明彦が出ると驚くというのはどういうことだと更に不愉快になって「マンションは結構です」と切ろうとすると、「あなたは本当に倉田明彦さんですか」とやや落胆した様子でさらに尋ねてくる。ますます不機嫌になって「そうです」と応えると、「お宅に、ほかにクラタアキヒコさんはいらっしゃいませんよね」と訳のわからないことを言う。私のため息にさすがに苛立ちを察したのか、「実は……」と、電話をするにい

たった事情を説明し始めた。

　電話の主は所轄警察署の警察官だった。話によると、管轄の琴の尾岳で一部ミイラ化した男の死体が見つかって、僅かな所持品を調べてみると銀行のキャッシュカードを持っていたという。その名義が「クラタアキヒコ」となっていたので、銀行に問い合わせて住所を割り出し電話してきた。つまりその死体が「クラタアキヒコ」であり、「クラタアキヒコ」が「倉田明彦」であって、警察の迅速な捜査でたちまち身許が特定できたと考えたのである。ところが居ないはずの倉田明彦氏が電話に出てきて本人だと言う。折角上手くいっていた捜査にケチが付いたような気分になってやや落胆した声音になったものらしかった。彼は「ところであなたはお元気なんですね」と更に訳の分からないことを言って電話を切った。

　実は、私にはこのキャッシュカードに覚えがあった。先年の夏に医院を開業して以来とても暇だった私は、休みの度に近くの琴の尾岳に登った。その際、暇のあまりに太って窮屈になったズボンの尻ポケットから、何回か財布を落とした。そのはずみにキャッシュカードがこぼれ落ちたのであろう。カードが見当たらないことには気づいてはいたが、開業の際に底まではたいてしまってほとんど残金のない通帳のカードで

ある。いつか出てくるだろうと放っておいた。そのカードを死体が持っていた。おそらく山道で拾ったのであろう。彼はとても痩せていて、その年の冬が寒かったせいもあって、脂肪の少ない体は腐敗しないままミイラ化したらしい。ひと月ほどして、例の警察官から連絡があって、クラタアキヒコ氏はホームレスだったらしく、捜索願の出ている人にも該当せず、いまだに身許が知れないということだった。結局は事件性のない死体として処理されたらしい。

琴の尾岳は里山だが、北側が海に面していて時雨れると山頂は雪になる。人生の最後にこの山にたどり着いた彼は、他人名義のキャッシュカード以外は目立った所持品もなく、腐敗に足る脂肪も持たないまま最後の時を迎えた。人生の様々な分岐点で、それぞれに異なった選択をしていれば、倉田明彦がクラタアキヒコ氏で、クラタアキヒコ氏が倉田明彦であった可能性もあったのではなかろうか。春なお浅い日、降ってきた牡丹雪を見上げながらそんなことを考えていた。キャッシュカードについては捜査終了後に返済が可能だと言われたが、他生の縁と思ってクラタアキヒコ氏への冥途のみやげとした。

雨または雪の予報に雪待ちぬ

明彦

24　鶴

　十月だっただろうと思う。日暮れは早く、浦上天主堂はライトアップされていた。この教会はロマネスク様式でゴシックの尖塔は持たないが、正面両脇に鐘楼がそびえていて、折しも足許からの見上げるような照明に、教会全体が清澄な夜空の一点に集約するようにそそり立っていた。空はもうとっぷりと暮れていたが、ライトアップの灯と月明りに照らされて、深々とした青を湛えていた。その空に、微かにうごめく不穏なざわめきを感じて見上げていると、にわかに大型の鳥が二十羽ほど現れて、クァ、クァと鳴き交わしながら鐘楼の上空を南の方へ去って行く。出水へ向かう鍋鶴らしい。堅牢で無音で直線的な建物の延長上を、柔らかくて温かい物が交差していった。この浦上の地は、殉教者の血と被爆者の慟哭に満ちている。この鶴と教会の出会いは、かねがねこの地の柔らかい命に対して、一神教の神のご意志はあまりにも苛烈に過ぎるのではないかと感じていた無信心者の心に、硬質で絶対的なものに対するやるせない

反感ともいうべきものを沸き立たせた。

長崎県を俯瞰して見てみると、特異な形の三つの半島が目に付く。その中で西に向かって槍のように突出した半島を長崎半島という。昔は野母半島と言ったが、昨今の地名変更の流れに沿って味気なく変更された。この半島の北側の根元に長崎市があり、沖合に廃坑の島、ユネスコ産業遺産の軍艦島がある。遥か西には五島列島、東には雲仙普賢岳、島原半島、南には天草の諸島を望む。野母の地名の由来には諸説があるらしいが、いずれにしても「野の母」というやや暗い、しかし肌の匂いのするような語感が懐かしく、「長崎半島」よりは随分とましだと思ってしまう。その半島の先端には、今はもう閉館したのだが、かつて長崎県亜熱帯植物園があって、休みの日には広大な海の景色と熱帯の室花を見に市民が集まった。植物好きな私も時々出掛けたが、ここでの私の一番の目当ては大きなドーム型温室の入口にいる白いオウムだった。このオウムは悲しいオウムで、温室の入口に片足を鎖で繋がれて高さ一メートルほどの止まり木に止まっていたのだが、踏みかわす不器用な脚で僅かに体の向きを変えるのみで、羽搏きもしなければ「オハヨウ」とも言わなかった。彼のアルビノという生い

立ちの不自由、鎖で拘束されているという不自由、そして、それをわざわざ見に来るという私の嗜虐。そんな命の不条理と、それぞれの命が接触する界面のざらざらした感触を味わいに、私はオウムに会いに来ていたのだった。

ある春の日、植物園の帰りに、近くの蕎麦屋で遅めの昼めしを食って帰ろうと車を走らせていると、上空から何かしらムーっと立ち込めるような野生の気配がして、聞き覚えのある切迫した鳥の声が聞こえてきた。鶴だと思って車を止め、外に出てみると、岬の突端の上空に夥しい数の鶴が集まっているのが見える。北帰行だ。数日前、地元の放送局が出水の鍋鶴の北帰行が始まったことを伝えていた。鶴は出水から真っ直ぐに朝鮮半島へ向かうのかと思っていたが、どうもすくなくとも一部は、この野母崎の空にいったん集結し、態勢を組みなおして再び北へ向かうらしい。鶴の集団は岬の上空で観覧車よりももっと大きな縦向きの円を描いて旋回し続け、態勢の整ったものから、綿菓子の塊りから綿をひきちぎるように、小さな編隊になって飛び立っていくようだ。地にあって鎖に繋がれたオウムの不自由。自由に見えて自然の摂理に繋がれた鶴の渡り。私は天を仰いで、命の純粋さと生きることの切なさに、わけも分からず胸いっぱいになって咽んだ。

九州を縁取る灯り鶴は見む

明彦

25　島原

長崎県の南東部にキドニー型をした島原半島がある。半島は四十万年ほど前に火山島として出発したらしいが、その後複数の火山の発生、地盤の沈下や噴火物の堆積などの経緯を経て現諫早市の一部とつらなって半島となったらしい。現在は中央に雲仙普賢岳があって活火山として活動を続けている。火山帯自体は島原半島を横断しているが、活動の中心は東端にあって火山の噴火物、堆積物は半島の東側に火砕流、土石流として流れ下り、半島北部から東南部に扇状地を広げている。雲仙岳は二百年に一回程度の頻度で噴火し、その度に島原半島東岸に火山被害をもたらしている。記憶に新しいところでは、一九九九年十一月に雲仙普賢岳の噴火が起こり、四年半ほどの間に七回の大火砕流と三十八回の土石流が島原地方を襲った。その様子は刻々とテレビで放映され、自然災害の容赦の無い凄まじさと、生活を蹂躙される多くの住民の苦しみを見ることになった。結果的に、四十一人の死者と三人の行方不明者、多数の負傷

者、被災者を出して噴火活動はほぼ終息したが、死者の多くは災害被害から地域を守ろうとした消防団の団員や警察官であり、より迫真の報道を届けようとして危険な地域に踏み込んだ報道関係者や、フランス人の著名な火山学者夫妻も含まれている。被災後、島原市は、雲仙普賢岳の噴火という自然の驚異と災害の教訓を後世に残すために雲仙岳災害記念館（がまだすドーム）を設置した。同市深江地区には土石流被災家屋保存公園が整備されて、土石流に埋もれた十一家屋が被災当時のままに保存されている。また島原半島は、その火山と地形と地質の成り立ちの特異さと、関わってきた人間の営みの歴史が評価され、ユネスコ世界ジオパークに認定されている。

歴史を振り返ってみると、特定の地域に過酷な試練が繰り返し課せられる例を散見する。キリシタン弾圧と原爆被爆を体験した長崎浦上がその例だが、この島原半島もそのひとつで、度重なる雲仙岳の火山被害という自然災害と、島原・天草の乱という宗教弾圧、一揆弾圧による大殺戮を経験している。この乱では一説には三万七千人以上の領民が殺害され、島原半島南部にはほとんど人がいなくなったという。この乱をきっかけに鎖国の方針は徹底され、キリシタンを根絶やしにすべく、信仰が露見する

たびに信者たちは拷問にかけられ処刑された。雲仙の温泉地獄は熱湯を浴びせて処刑する凄惨な処刑場として使われたのである。

一六〇〇年初頭、半島東南部は日野江城、原城を居城とする有馬藩の所領であったが、有馬氏は長崎奉行の暗殺を謀った疑いで藩主晴信が廃され、後に日向延岡に移封となる。そのあと松倉氏が日野江藩の藩主となったが、一国一城の制に従って日野江城、原城を取り壊して島原城を普請した。しかし、その規模が石高を越える不相応なもので、過重な労役と年貢の負担に領民は疲弊し、藩に対して反感を強めていく。さらには、島原藩は幕府の意を受けて苛烈なキリシタン弾圧を行ったため、島原の領民は、同様に圧政下にあった天草の領民と呼応して、天草四郎時貞を首領とする反乱を起こした。島原・天草の乱である。反乱軍は、主に島原半島の旧有馬藩の家臣、領民、天草のキリシタン大名小西行長ゆかりの武士や領民らにより構成され、蜂起は百姓一揆としての側面や反藩主、反幕府勢力の反乱の側面も含んでいたが、その多くが弾圧されたキリシタンであったため、畢竟、壮絶な宗教戦争の様相を呈した。反乱軍は一旦は島原城に迫ったが、圧倒的な兵力の幕府軍が各地から島原に迫って来ているのを知って、ついに原城遺構に籠城した。海に面した要害を基盤に散々に幕府軍を苦しめ、

さらには全国各地に使者を送ってキリシタン勢力の糾合を図ろうとしたが、各地の支援や期待した基督教国ポルトガルの参戦も得られないまま、籠城した者のほとんどが殺害された。果たしてポルトガルに参戦の意志があったかどうかは不明だが、乱の鎮圧後、天草四郎ら首謀者の首は長崎出島のポルトガル商館の前にさらされたのだった。その後、キリシタンは地下に潜伏することとなるのだが、現在までローマ教皇庁はこの乱に参加したキリスト教徒を殉教者とは認めていない。

昔、私は、一年ほど半島西側の小浜町にあった国立病院に勤務したことがあって、雲仙岳や島原市にはたびたび出かけた。島原南部の深江地区（旧深江町）は、急峻な山壁を下ったところに広がる扇状地だが、噴火の前は水はけのよい土壌を生かした農業が盛んで、安中地区には長崎県下最大の梅林があった。清流の沢沿いには夏場に素麺流しが出来る食堂もあった。素麺流しと言っても割った竹の中を流すわけではなくて、卓上の円形の装置に川の水を引いて、各自が素麺を浮かべて食べる形式のものだったが、沢の涼しさと緑の美しさが売りで賑わった。素麺はこの地域の特産で、現在も複数の製麺所が伝統的な手延べ素麺を作っているが、これは島原・天草の乱の後に

幕府の指示で移住してきた小豆島の人々が持ちこんできた技術だと言われている。そんな火山の特性を生かした人々の暮らしを、雲仙普賢岳の大火砕流とその後の土石流が、躊躇なく無残に破壊していった。

古い文献によると雲仙岳はほぼ二百年ごとに噴火しているが、前回の一七九二年の噴火では、火山性地震で普賢岳東方の眉山の山体が崩落し、土石流が有明海に達して大津波を引き起こした。「島原大変肥後迷惑」と呼ばれた災害で、島原半島と対岸の肥後に甚大な被害を与えた。死者・行方不明者は一万五千人に達し、東日本大震災が起こるまで、日本史上最大の津波被害だったのである。しかし、やがて災害は過去のこととなり、人々は生活の利便のよい土地に戻って住んで、二百年後の被災につながった。今、東北では、高い堤防を築き、土地を嵩上げして、津波の被害を受けた土地に生活を復興しようとしている。同じ轍を踏んでいるようにも思えるが、そう割り切れるものでもない。幾世代もの先祖が暮らして、独自の文化をつむいできた愛着ある土地だ。そこでなければ生きられないという思いの人も多い。被災の記憶を繋ぎ、新しい知見と技術を集約して復興を遂げ、災害を乗り越えていくしかないのだろう。

今回の雲仙普賢岳の噴火が起こったのは、私が留学から帰ってきて間もなくのことで、今後の人生をどう生きて行こうかと迷いのあった時期だった。身近に起こった稀有な天変地異で、大きな人的な被害も報道されていたのに危険を冒して近くまで見に行こうとは思わなかった。被災者のことを思うと物見遊山のように見物に行くのが憚られたのだが、しかし、結局は他人事だと傍観したのではないか。日々の自分の営みにかまけてこの災害をテレビの中で起こっていることとして眺めていたのではないかと思う。

最近、私は春になると時々島原深江の土石流跡に出かけてみる。雲仙普賢岳の生々しい山体は、今も容易に我々を寄せ付けようとはしないが、眺めていると、時折り雲雀が舞い上がっては青空高く囀り、巣のある草原へパラパラと下りて来る。自然の回復と変化は、やわらかくかつ確実に始まっている。

かげろふに人揺るる町鷗鳴く

明彦

26

凌霄花《のうぜんか》

長崎から諫早に到る旧長崎街道沿いの古賀村（現在長崎市中里町）に、四百年ほど前から土人形を作っている窯がある。型作りの人形で、素焼きをしたのち鮮やかな七つの色で彩色する。派手なようだが長年受け継がれてきた配色で、華やかさの中にも味わいのある色あいだ。モチーフは人物や動物が主体だが、長崎の時代の変遷を取り入れて、「阿茶さん」、「オランダさん」、「西洋婦人」などの比較的新しい物もある。京都の伏見人形、仙台の堤人形と併せて日本三大土人形と呼ばれることもあるらしいが、当代で十九代目の窯元が一人で作っている。私はこの土人形が好きで、パソコンの待ち受け画面に子供の手を引いた「西洋婦人」を使っている。この「西洋婦人」は確かに西洋の婦人像なのだけれど、いかにも土人形という厚みと重さと風土の匂いを持っていて、長崎人の手で捏ねられてきたという土着性を持った西洋人形である。私の俳句の師で俳句結社「梟」主宰の矢島渚男先生は、この人形を「現代の土偶」と呼

んで到来する春の力を詠んでいる。

子を連れた阿蘭陀人形春がくる　　渚男

二〇一九年夏、その「梟」の全国大会「梟の集い」が長野県上田市で開かれたが、誌上、大会の案内に、「遠来の者には、希望の渚男俳句を一句、短冊にしたためてあげましょう」という先生のありがたいお申し出の一文があった。私は早速、長年の愛誦句である一句をお願いすることにした。

凌霄やギリシャに母を殺めたる　　渚男

この句の中七、下五はギリシャ悲劇の「オレステイア」を示している。「オレステイア」はアイスキュロスの悲劇で、「アガメムノン」、「供養する女たち」、「慈しみの女神たち」の三部よりなる。まず「アガメムノン」で、アガメムノンの成功と罪が語られる。アガメムノンはペロポネソス半島の国アルゴスの盟主で、トロイ

ア戦争におけるギリシャ軍の総大将であった。トロイア攻めへ向けて港アウリスで風待ちをしていたが、なかなか順風が得られずに出陣の機会を摑めないでいた。そんな折、神々の求めに応じて娘イビゲネイアを生贄に供したところ、風を得て首尾よくトロイアを落とすことが出来た。そしてアガメムノンは、莫大な戦利品のひとつとしてトロイアの王女カッサンドラを愛妾として連れ帰る。この二つのことが妻クリュタイメストラの怒りを買い、凱旋した居城の湯殿で丸腰のところを妻に暗殺される。次いで「供養する女たち」では、アガメムノンの遺児オレステスの復讐が語られる。アガメムノンの妻クリュタイメストラは、夫の出征の間、アガメムノンの政敵アイギストスと不倫関係にあり、夫の暗殺後は二人でアルゴスを支配していた。亡命先から密かに立ち戻ったオレステスは、王宮内で母の虐待に耐えていた姉のエレクトラと謀って母とその情人に復讐する。父アガメムノンの仇を討つのだが、対峙した母クリュタイメストラは、最後に胸をはだけ乳房を掻き出だして、息子の母親への情を呼び覚まして母殺しを思いとどまらせようとする。しかし、オレステスは、一瞬の心の揺らぎの後、ついに母を殺めたのである。

この句では、この母殺しというスキャンダラスな内容に、ただひとつ凌霄が配され

ている。凌霄はノウゼンカズラのことで、俳句では凌霄あるいは凌霄花と詠まれる。蔓性の植物で、付着根を出して高い木や建物の壁に絡みつき、大きなものでは十メートルを超えて伸びる。夏には橙赤色の花をびっしりと枝先につけて華やかだが、その花の蜜が目や神経を損なうという説があって、庭木として育てるのを敬遠する向きもある。

この凌霄と「母殺し」の配合についてはいろいろな想像が可能だが、過不足のない理解は難しい。ただ、絡みつく蔓と毒を持った華やかな花という凌霄の在りようが、ギリシャ悲劇で繰り返される華麗な成功と、裏打ちされた因果応報とも言える悲運に、的確に寄り添っていると私には感じられる。ギリシャをはじめ地中海に面した南ヨーロッパの町では、白壁と赤瓦の家にノウゼンカズラの蔓がうねっていて、屋根の色よりやや明るい橙赤色の花が家と通りを覆っている写真をよく見かける。夏の乾燥した強い日差しの中、光と影が際立つ古い街路を、いかにも不可分なもののように凌霄花が覆っている。

ギリシャ悲劇は、紀元前五世紀にアイスキュロス、ソフォクレス、エウリピデスと

いう三人の名詩人を得て頂点に達し、後代ローマ時代まで存続する。演劇としてのギリシャ悲劇は仮面劇であり、男だけで演じられた野外劇である。そして悲劇は原則的に神話、故事に題材を求め、全文が韻文で、つまり詩の形態で書かれている。初期には合唱が主体であったが、草創期にテスピスにより台詞を語るひとりの俳優が配される。その後も俳優の数は最大三人で、合唱団はこれも最大十五人。ひとりの役者が仮面を変えて複数の役を演じた。初期には作家が俳優、演出家を兼ねていたが、演劇が複雑になるにつれて分業化が進んだらしい。俳優はやがて専門職（職業俳優）となる。しかし都市国家のギリシャでは、あくまでも市民が公演の担い手であり、合唱団は一般市民で構成され、裕福な市民が果たすべき社会的義務として合唱隊の諸費用を負担した。往時のアテナイでは年に一回、ギリシャ悲劇競演会が行われ、予選を通過した三人の作家が、それぞれ一日ずつ計三日間公演を行い優勝者が決定されたという。そしてこれが、ヨーロッパの文芸、演劇、社会制度、宗教的な感受性の基礎を形作っていったと考えられている。悲劇は時代を経るにしたがって複雑になっているが、概ね物語冒頭に示される悲劇の小さな種が伏線となって全篇を不安で包み、華やかな成功談を語った後、終盤に一気に壮絶な悲劇に仕立てていくのである。

「オレステイア」の第三部「慈しみの女神たち」では、復讐神エリニュスたちによりオレステスの母殺しの罪が追及される。オレステスの母クリュタイメストラと情人アイギストスの殺害は、一面、父アガメムノンの仇討ではあるが、他面では母殺しという尊属殺人だ。罪は仇討たれ、仇討は新たな罪として責められる。

凌霄花は華やかな花だがどこか土臭い。そしてその咲く様も見事だが、散り様はさらに印象深い。長崎街道沿いの古い町並みでは、朝、まだひと気のない時間に通ると、昨日の花が一面に散り敷いているのに出会うことがある。

この花は咲きつぎ、そして散りつぐ花だ。

みづからも托卵の子やほととぎす

明彦

27 伊東静雄と野呂邦暢

三島由紀夫に関して興味深い話がある。

昭和十九年、三島十九歳の時、処女作の『花ざかりの森』を上梓するに際し、敬愛する詩人伊東静雄を訪ねて序文を請うた。礼を尽くしての三島の懇願であったが、伊東はこれを断っている。理由は定かではないが、父親の借財をやむを得ず相続して、貧困に苦しみながらも返済を続けていた中学教師伊東にとって、上流階級で育まれた早熟のエリートの三島は鼻もちならない存在にうつったのかもしれない。伊東は後に公開されるその日の日記に、三島のことを「俗人」と記している。伊東の死後そのことを知った三島は、驚き、落胆し、憤ったが、それでも後年、伊東の第二詩集『夏花』の巻頭の詩「燕」を一等の詩と評価した。この詩人伊東静雄は、長崎県諫早市の出身である。大村中学、佐賀高等学校から京都大学文学部国文科に進んで、卒業後、大阪府立住吉中学校の教員になっている。詩人としては萩原朔太郎に認められて世に

出て、中原中也と同じ時期に活躍した。『日本の詩歌』（中公文庫）23巻は、中原中也、伊東静雄、それに八木重吉の三人の詩で組まれていて伊東の詩人としての評価の高さがわかる。

諫早市は長崎県の県央に位置する城下町で、市の中心を本明川が流れて有明海の深奥の諫早湾にそそいでいる。諫早湾は干拓を繰り返して農地を広げ、長崎県では有数の米の産地となったが、低地と湿地が多く、大雨が降るとたびたび洪水に見舞われた。かつては独立した一藩であった諫早藩も、度重なる水害に疲弊し、隣藩の佐賀鍋島藩に帰属せざるを得なかった。その隷属感とかつて雄藩であったというプライドが鬱屈した感情を育て、湿地という立地と相まって独特のリリシズムを生んだと言われる。そんな諫早を代表する小説家が野呂邦暢である。野呂は郷土の詩人伊東静雄に影響を受けて詩作を始めるが、彼は伊東のようなとびきりの秀才というわけにはいかなかった。京都大学をうけるも受験に失敗し、以後、いろいろな仕事を転々とすることになる。帰郷後、「十一月」、「白桃」、「鳥たちの河口」などの細やかな短編小説を書き、一九七四年、自衛隊入隊時の体験をもとにした「草のつるぎ」で第七〇回芥川賞を受賞した。野呂が芥川賞をとった頃は私が大学病院で働いていたころで、フランス文学

やカフカなどに耽溺していて、十歳年長の諫早の野呂のことは知らなかった。地元の田舎に住み続けて小説を書いて、何と芥川賞を受賞した自衛隊出身の小説家がいることを知って、心底驚き、憧れた。そして、しばらくは「草のつるぎ」が掲載された文芸誌「文學界」を書棚に飾っていた。

諫早は人口十四万ほどの西陲の小都市だが、独自に交響楽団を持つほどの文化都市で、地元出身の詩人伊東静雄と作家野呂邦暢を大切にしている。伊東静雄については市に顕彰委員会があって、年に一回、全国から一人一篇、原稿用紙二枚の詩を募集する。千篇ほどの詩が集まり、五〇篇が入選し、内一篇に伊東静雄賞が与えられる。私も、この十年ほど、この賞に応募している。新人詩人の登竜門とされているので高齢の私などは期待される応募者ではないのだろうが、地元の催しなので厚かましく参加している。

さて、「私的長崎風土記」を終えるにあたって、「花野」という応募詩で締めくくろうと思う。原爆と私の出自に関わる詩である。この随筆集も原爆に始まり、原爆に終わることとなった。長崎らしいといえば長崎らしいが、切ないことだ。長崎が世界で最後の被爆地であることを切実に願う。

花野

遠く
海になだれる草原に
竜胆が咲き　芒の穂が揺れている
海に傾きかけた日は　波の細やかな煌めきとなって
無音の途を差し伸べている
その光の途をひとりの老人が行く
見知らぬ男だが曽祖父だ
懐かしさを帯びていて　他の者ではない
その男から少し遅れて　互いに見知らぬ者のように　もうひとりの老人が行く
曽祖父を追うようでもあるが　まったく違う途を行く者のようでもある

これも見知らぬ男だが　祖父だ
曽祖父は　被爆の翌日　医大近くの防空壕で死に
祖父が焼け跡で瓦礫を集めて焼いた
祖父は十日ほどして　眼窩に血を溢れさせて死んで
やはり野で焼かれた
その祖父の後を　また　係わりの無い者のように行く男がいる
父だ
祖父を焼くべき男だったが　その死を復員して初めて知った
彼は係累から突然隔絶されて
宙をさまようように生きたのだろうが
傍目には酒に溺れた男に見えた
度々血を吐いて　赤い唇のまま
瞬きの少ない目で鴨居の上に曽祖父と祖父の首を見ていた
父は家族が荼毘に付し累代墓に収めた
その宙におよいだ手は　曽祖父と祖父の肩を捉えただろうか

今　日はさらに傾き
差し伸べられる光の途は私の目の前にある
日が射せば芒は湯のように揺れ　翳れば生白い手のようにそよぐ
一輪の竜胆を手にした私には　前を行く三人の男たちが見えているが
やがて
行く手の光の途以外　何も見えなくなったとき
後から来る者には
互いに係わりのない　四人の男のように見えるのだろう

あとがき

この随筆集は二〇一七年から二〇一九年にかけて俳誌「梟」に連載したものに、あらたに数編を付け加えてまとめたものである。「長崎風土記」と題してはいるが、勿論、「私的」なもので長崎を代表するようなものではない。そもそも典型的な長崎っ子というのは諏訪神社の氏子で、秋の宮日には伝統の出し物を奉納する踊り町の住人である。奉納の機会は原則的に七年に一回なので、彼らの一年は、極端なことを言えば一生は、宮日を中心に回っている。また長崎市北部の浦上には代々敬虔なキリスト教徒が住み、禁教の弾圧や原爆被爆で大きな試練に遭いながら信仰を守ってきた。私は諏訪神社の氏子でもなければキリスト教徒でもないので、「正統長崎風土記」を記す立場にはない。ただ、旅人というよりやや深い係わりをもってこの町で暮らしてきた人間の、ごく私的な思い出話を連ねたに過ぎない。全国に広がる「梟」の会員に長崎を紹介しようという思いがあって、「風土記」などという大仰なタイトルとなった。申し訳のないことだ。

俳誌「梟」の随筆欄は約一六〇〇字のスペースなので、毎月、この分量に収めるべく舌足らずな文章を書いた。矛盾を承知で言えば「定型散文」を書くとでもいった意識だったので、出来たものは、概ね子供たちのデフォルメした手足の短いガンダム・フィギュアのようなものとなった。もちろん出来の悪いフィギュアである。一冊にまとめるにあたって、字数制限の枠を取り払って書き改め、手足の自由を獲得するのも手だとは思ったが、鋳型に押し込めた努力を生かしつつ世界を広げるには、一篇に一つずつの韻文(ここでは俳句あるいは詩)をとり合わせてみたらどうだろうと思いたった。俳句詠みの書いた定型の文章なので、実際、二句一章(二物衝撃)の俳句よろしく、時には直接に関係のある韻文を、時には文章とはすこし距離のある韻文を配してみて、互いに影響し合った関係がもうひとつの異なった雰囲気や世界を作ることになれば、文章の非力を補うことに繋がるのではないかと企んだのである。その企みがうまくいったとも思えないが、すこし厚みを加えたことにでもなっていれば幸せだ。

発行にあたって装幀家木幡朋介氏には無理なお願いを申しあげた。菊池洋子氏には細やかに編集をしていただいた。お二人に深謝申しあげる。

著者略歴

倉田　明彦（くらた　あきひこ）

1947年　長崎県生まれ

2014年　詩集『ふいの落下』（砂子屋書房）刊行

2017年　句集『青羊歯』（紅書房）刊行

同年、『青羊歯』で第2回姨捨俳句大賞受賞

現在「梟」同人　現代俳句協会会員

毎日新聞「ながさき俳句」選者

住所　〒852-8125　長崎市小峰町3番6号

私的長崎風土記　奥附

著者　倉田明彦＊発行日　二〇二一年四月二十六日　初版
発行者　菊池洋子＊印刷所　明和印刷＊製本　新里製本
発行所　〒一七〇-〇〇一三　東京都豊島区東池袋五-五二-四-三〇三
紅（べに）書房　info@beni-shobo.com　https://beni-shobo.com
電　話　〇三（三九八三）三八四八
ＦＡＸ　〇三（三九八三）五〇〇四
振　替　〇〇一二〇-三-三五九八五
落丁・乱丁はお取換します

ISBN978-4-89381-344-2
Printed in Japan, 2021